A CIDADE ASSASSINADA

ANTONIO CALLADO

A CIDADE ASSASSINADA

Prefácio de João Cezar de Castro Rocha
Posfácio de Zé Celso Martinez Corrêa

1ª edição

Rio de Janeiro, 2022

Copyright © Teresa Carla Watson Callado e Paulo Crisóstomo Watson Callado

Capa: Carolina Vaz

CIP-BRASIL. CATALOGAÇÃO NA PUBLICAÇÃO
SINDICATO NACIONAL DOS EDITORES DE LIVROS, RJ

C16c

Callado, Antonio
  A cidade assassinada / Antonio Callado. – 1. ed. – Rio de Janeiro: José Olympio, 2022.

  ISBN 978-85-03-01393-2

  1. Teatro brasileiro (Literatura). I. Título.

21-70696
CDD: 869.2
CDU: 82-2(81)

Meri Gleice Rodrigues de Souza – Bibliotecária – CRB-7/6439

Este livro foi revisado segundo o Novo Acordo da Língua Portuguesa.

Todos os direitos reservados. Proibida a reprodução, o armazenamento ou a transmissão de partes deste livro, através de quaisquer meios, sem prévia autorização por escrito.

Direitos exclusivos desta edição reservados pela
EDITORA JOSÉ OLYMPIO LTDA.
Rua Argentina, 171 – 3º andar – São Cristóvão
20921-380 – Rio de Janeiro, RJ
Tel.: (21) 2585-2000.

Seja um leitor preferencial Record.
Cadastre-se em www.record.com.br
e receba informações sobre nossos
lançamentos e nossas promoções.

Atendimento e venda direta ao leitor:
sac@record.com.br

ISBN 978-85-03-01393-2

Impresso no Brasil
2022

Para minha mulher, minha primeira leitora.

O VAIVÉM COMO MÉTODO: O TEATRO DE ANTONIO CALLADO

João Cezar de Castro Rocha

A produção teatral de Antonio Callado ocorre num período de tempo relativamente curto, porém muito intenso.

De fato, sua primeira peça a ser encenada, *A cidade assassinada*, teve como tema os 400 anos da cidade de São Paulo, celebrados em 1954. O título se refere à transferência da população, do pelourinho — afinal, como ordenar uma povoação sem instrumentos de punição? — e dos foros da cidade de Santo André para São Paulo. Nesse processo, destacaram-se as figuras de João Ramalho e de José de Anchieta, prenunciando o embate entre modelos adversários de colonização, especialmente no tocante à sorte dos grupos indígenas. Recorde-se a fala sintomática de João Ramalho logo no início da ação: "Índio precisa é de enxada na mão e relho no lombo! Esses padres só se metem para atrapalhar."

Desse modo, em seu primeiro texto teatral, Callado começou a articular a visão do mundo característica de sua melhor literatura.

Em primeiro lugar, o espírito celebratório perde terreno para o exame crítico do passado. Repare-se na força do título, evocando menos a *fundação* de São Paulo do que a *decadência* de Santo André. Nas origens de uma nova ordem social, portanto, o autor ressalta a violência inerente ao processo histórico brasileiro.

Além disso, o pano de fundo do conflito entre João Ramalho e José de Anchieta remete à origem mesma de uma violência estrutural ainda hoje presente no cotidiano de nossas cidades. Vale dizer, tudo se passa como se a forma desumana e arbitrária com que os índios foram tratados nos primórdios da colonização tivesse moldado a própria história da civilização brasileira: esse conjunto de desmandos e desigualdades, dissecado e exposto na obra do autor de *Quarup* — e isso no teatro, no jornalismo e na literatura.

No mesmo ano, uma nova peça foi encenada, no Rio de Janeiro, e com elenco irretocável: Paulo Autran, Tônia Carrero e Adolfo Celi.

Não é tudo: o tema de *Frankel* estabelece um elo surpreendente entre o distante passado colonial e o presente do escritor, marcado pelo elogio ao progresso e pelo esboço da ideologia desenvolvimentista, que em poucos anos seria consagrada, durante a presidência de Juscelino Kubitschek, na construção de Brasília.

A trama se desenrola no Xingu, num posto do Serviço de Proteção aos Índios. Nesse cenário — em tudo oposto à crescente urbanização dos anos de 1950 —, um mistério, na verdade, um assassinato, reúne uma antropóloga, Estela, um jornalista, Mário Mota, um geólogo, Roberto, e o chefe do posto, João Camargo — cujo nome faz reverberar o João Ramalho de *A cidade assassinada*.

No início da peça, o pesquisador Frankel está morto e o tenso diálogo entre os personagens deve esclarecer as circunstâncias do ocorrido. Surgem, então, revelações que articulam um dos motivos dominantes de entendimento de Callado a respeito da história brasileira: a projeção fantasmática do passado no tempo atual.

Assim, ganha nova dimensão o aspecto sacrificial da morte do pesquisador. Nas palavras de João Camargo: "Os índios não estão conflagrados. Eles foram... foram... como se pode dizer? Foram apaziguados com a morte de Frankel."

O malogrado pesquisador teria levado a cabo experiências comportamentais que reduziram os índios ao papel de meras cobaias de laboratório. Ainda nas palavras de Camargo, o clorofórmio era sistematicamente utilizado "para adormecer índios e realizar 'pequenas intervenções psicológicas', como ele mesmo disse".

As duas primeiras peças, portanto, esboçam um retrato em preto e branco do dilema que atravessa a experiência histórica brasileira: o desprezo, por vezes vitimário, em relação ao "outro outro" — o índio, o preto, o pobre; em suma, todos aqueles distantes dos centros do poder.

A peça seguinte, *Pedro Mico*, de 1957, inaugurou o "teatro negro" de Antonio Callado.

Destaque-se a coerência do gesto.

Ora, se, nos textos iniciais, o índio, embora direta ou indiretamente estivesse em cena, não deixava de estar à margem, agora, o excluído por definição do universo urbano — o preto, favelado e marginal — assume o protagonismo, esboçando o desenho da utopia que marcou a literatura do autor de *Tempo de Arraes*: a possibilidade de uma revolta organizada, talvez mesmo de uma revolução, a fim de superar as desigualdades estruturadoras da ordem social nos tristes trópicos.

Pedro Mico é um típico malandro carioca, sedutor e bem falante, que, perseguido pela polícia, se encontra escondido num barraco do Morro da Catacumba. Em aparência, o malandro não tem saída. Eis, então, que sua nova amante, a prostituta Aparecida, imagina um paralelo que enobrece o desafio: "O Zumbi deve ter sido um crioulo assim como você, bem parecido, despachado. (…) E não fazia nada de araque não. Se arrumou direitinho para poder lutar de verdade."

A história do líder negro inspirou o malandro carioca a inventar um modo astuto de enganar os policiais. Ele fingiu que se havia suicidado; afinal, como ele sussurrou: "Zumbi, mas vivo."

Os dois conseguem escapar ao cerco e, já no final da peça, Aparecida dá voz ao desejo nada obscuro de Callado: "Você já pensou, Pedro, se a turma de todos os morros combinasse para fazer uma descida dessa no mesmo dia?..."

A utopia se esboça, ainda que as contradições insistam em mantê-la no não lugar dos inúmeros Morros da Catacumba que emolduram a cidade. Nas primeiras encenações de *Pedro Mico*, no Rio de Janeiro e em São Paulo, o protagonista foi representado por um ator branco pintado de preto.

(Pois é: *all that jaz* nos palcos tupiniquins...)

No mesmo ano de 1957, Callado escreveu *O colar de coral*. Outra vez, idêntica encruzilhada se afirmou no vaivém entre o atavismo do passado e as promessas de um presente com potencial revolucionário. O enredo associa a decadência do mundo rural, isto é, da família patriarcal, à reescrita de *Romeu e Julieta*.

Vejamos.

Os Monteiro e os Macedo, remanescentes de famílias um dia poderosas no Ceará, vivem seu prolongado eclipse no Rio de Janeiro. Nem a ruína econômica, tampouco a transferência para a capital do país atenuaram o ódio e a rivalidade das duas famílias.

Eis que o atavismo começa a ser superado pelo amor que une Claudio Macedo e Manuela Monteiro — aliás, ressalve-se a função transgressora e insubmissa da mulher no teatro de Antonio Callado. A intriga se resolve na determinação dos jovens amantes em romper com o ciclo interminável da vingança. Coube a Manuela materializar um novo tempo ao advertir duramente sua avó:

MANUELA — Cale essas histórias para sempre. Ninguém fará circular o ar pelo porão da sua saudade, atulhado de mortos. A senhora não ouviu Claudio delirante, que lhe dava uma lição. Uma pequena bomba cheia de sol acabou com o crime. Ele perdoou papai, você, Ezequias Macedo e Fernando Monteiro, todos os Macedos e Monteiros que rezavam sua ira em capelas de ódio.

Em *Raízes do Brasil* (1936), Sérgio Buarque de Hollanda supôs que o homem cordial, esse rebento do universo agrário e da família patriarcal, seria superado pela urbanização, cuja lógica, em tese objetiva e impessoal, deveria propiciar formas diversas de relacionamento, para além do predomínio do afeto e dos interesses particulares. A seu modo, Callado compartilhava a expectativa do historiador e a fala de Manuela é bem uma vela acesa em memória de um passado a ser definitivamente deixado para trás.

No ano seguinte, Callado aprofundou o gesto de reescrita da história, e, ao mesmo tempo, retomou o projeto do "teatro negro". Assim, em 1958, o autor de *A expedição Montaigne*, teve encenada *O tesouro de Chica da Silva*.

As venturas e desventuras da ex-escravizada são bem conhecidas; por isso, importam ainda mais as torções impostas pelo autor à história.

Em primeiro lugar, Chica da Silva é protagonista indiscutida da trama, dominando os dominadores tanto pela sedução, quanto, e, sobretudo, pela astúcia. Macunaíma que se recusou a virar constelação, a ex-escravizada do Tijuco decidiu brilhar sozinha! Inversão bem-sucedida que conheceu uma inspirada tradução cênica: no início da ação, Chica vê-se cercada por suas mucamas. E, como o coro nas tragédias gregas, elas pontuam suas peripécias, dialogando com a senhora e comentando as circunstâncias do tempo.

Heroína trágica: portanto, com toda a nobreza relacionada ao papel. Contudo, assim como Pedro Mico, Chica da Silva deseja a altivez da personagem, mas não sua queda inevitável. Para tanto, concebe um artifício que assegura sua liberdade e a prosperidade do contratador João Fernandes, reduzido à passividade, quase à inação. Cabe à ex-escravizada dobrar o Conde de Valadares: o *tesouro* do título se refere sobretudo à inteligência de Chica e não apenas aos diamantes das Minas Gerais, que, por certo, ela nunca deixou de acumular.

A sombra tutelar de Zumbi também é visível no drama; porém, de novo, a questão não é mais o elogio da morte heroica, porém o triunfo possível em condições adversas. Difícil equação, armada graças à astúcia de uma razão que faz sua a riqueza alheia, mas sem abdicar dos méritos próprios. Essa é a dialética que se presencia no autêntico duelo musical que opõe o Conde de Valadares e a ex-escravizada. Eis a troca de farpas e agudezas:

Valadares — Mas esta música… Isto é coisa de Viena d'Áustria, pois não?

CHICA — Isto é do maestro daqui mesmo. Ele toca órgão na igreja de Santo Antônio. (...) Chega de música, maestro. O senhor conde quer agora um lundu e umas modinhas, quer música de quintal e de serenata.

Em 1958, mantendo o impressionante ritmo de sua produção teatral, Callado escreveu *A revolta da cachaça*, terceira peça do "teatro negro". Em alguma medida, ele aproveitou para acertar contas com o teatro brasileiro, num texto onde se dão as mãos metalinguagem e recuperação da história.

Explico.

Como vimos, nas primeiras apresentações de *Pedro Mico*, o papel do protagonista foi desempenhado por atores brancos pintados. Agora, surge em cena um autor negro — a peça foi dedicada a Grande Otelo, que deveria tê-la encenado; porém, o projeto não foi adiante —, cansado de repetir papéis subalternos: "Não aguento mais ser copeiro, punguista e assaltante."

De fato, Ambrósio tinha toda razão e, por isso, exigia de Vito, escritor seu amigo, que finalmente concluísse a peça escrita especialmente para ele e prometida há uns bons dez anos: "Preciso da peça, Vito! Ou você está querendo me sacanear? (…) Vai me tratar feito moleque? Eu te mato, Vito!"

O título da peça, aliás, alude à Revolta da Cachaça, sucedida no Rio de Janeiro de novembro de 1660 a abril do ano seguinte. O objetivo da rebelião era contestar o monopólio da produção do destilado e um de seus nomes mais destacados foi o do negro João de Angola. Mais uma vez, Callado recorre ao vaivém entre tempos históricos, oscilando da releitura do passado ao exame crítico do contemporâneo, cujos impasses são assim mais bem explicitados.

Por exemplo, recorde-se a fala incisiva de Ambrósio:

— Quando a gente pensa que peças de teatro são escritas no Brasil desde que Cabral abriu a cortina desse palco (Anchieta já fazia teatro) parece incrível que esta seja a primeira que tem um preto como protagonista. (…) E preto-protagonista é crioulo mesmo e não preto pintado de branco.

Pois é: contudo, como esquecer que a peça não foi encenada na época de sua escrita?

Mais: permaneceu inédita até 1983, quando se publicaram os quatros textos do "teatro negro" num único volume.

Não será a força desse atavismo conservador o móvel da dramaturgia de Antonio Callado? Isto é, suas peças constituem uma forma de denúncia, uma rebeldia cênica frente à desigualdade nossa de cada dia.

Encerremos este breve estudo com um auto de Natal, reinterpretado à luz das transformações da sociedade brasileira no início dos anos de 1960; o ciclo, assim, se fecha: da alusão aos autos de José de Anchieta, presente em *A cidade assassinada*, à estrutura de um auto em sua última peça.

Escrita em 1961, *Uma rede para Iemanjá*, completa o mosaico do "teatro negro". O enredo é singelo: Jacira, grávida, foi abandonada pelo marido, Manuel Seringueiro. Sozinha, prestes a parir, encontra, na praia, o personagem descrito como o "Pai do Juca", cuja fala inicial desvenda seu epíteto:

— Está quase fazendo um ano certo, Iemanjá. É tempo de trazer de volta o meu menino...

No primeiro plano, uma história de ilusões perdidas. Contudo, em meio a esse cenário, Jacira encontra ânimo para imaginar uma alternativa — como sempre, cabe à mulher articular a imagem da utopia:

— Pai do Juca, você precisa deixar de pensar tanto no seu filho e em Iemanjá. Você anda misturando muito as coisas. Você sabe? Eu já estou quase consolada de ter perdido o meu Manuel. Não pense tanto no Juca. Deixe o consolo vir.

A peça termina no momento em que o filho de Jacira vai nascer. A rubrica do autor é precisa:

PANO LENTO

FIM

Ao que tudo indica, ainda mais lento é o ritmo das mudanças numa sociedade como a brasileira.

(O vaivém como método: crítica corrosiva de estruturas que se perpetuam.)

A cidade assassinada *foi levada à cena do Theatro Municipal do Rio de Janeiro no dia 8 de junho de 1954, pela Companhia Dramática Nacional. Teve cenários de Harry Cole. Sua direção, entregue inicialmente a Mário Brasini, passou depois às mãos de Ribeiro Fortes. Seu elenco foi o seguinte, por ordem de entrada em cena:*

João Ramalho — A. Fregolente
Rosa Bernarda — Maria Fernanda
Mestre Antônio Rodrigues — Orlando Macedo
Padre Paiva — Elísio de Albuquerque
1º índio — Nestor Monte-Mar
2º índio — Sidney Plader
3º índio — Durval de Barros
Mameluco — Túlio Varga
Diogo Soeiro — Narto Lanza
Visconde de Val de Cruzes — Carlos Mello
Lopo de Guinhães — Walter Gonçalves

Carcereiro — Ferreira Maya
Vasco Sevilhano — Leste Iberê
Lopo Alvares — Antônio Mata
Anchieta — Valdir Maia
Mulheres do povo — Sônia Oiticica
        Natália Thimberg
        Celme Silva
        Vanda Marchetti
        Deo Costa

PERSONAGENS

Principais
JOÃO RAMALHO
ROSA BERNARDA *(sua filha)*
DIOGO SOEIRO
MESTRE ANTÔNIO RODRIGUES
PADRE PAIVA
1º EMISSÁRIO *ou* VDE. DE VAL DE CRUZES
2º EMISSÁRIO *ou* LOPO DE GUINHÃES

Cenas breves
ANCHIETA
QUATRO "ATORES" ÍNDIOS
DOIS PRISIONEIROS
CARCEREIRO
FIGURANTES

ATO PRIMEIRO

CENA I

(O ano é o de 1560 e o local — excetuada uma cena em São Paulo — é a Vila de Santo André da Borda do Campo, o primeiro povoado de brancos que existiu no planalto paulista, fundado por João Ramalho. O segundo foi São Paulo, a umas duas léguas de distância, fundado pelos jesuítas.

Abre-se o pano na sala de jantar da casa tosca de João Ramalho, em Santo André. O mobiliário, pesadão e rústico, só tem a graça que lhe emprestaram o uso e o passar do tempo: a mesa, mal lavrada em troncos grossos, adquiriu o brilho doce que ainda hoje têm as velhas mesas de copa de fazenda encontradas nos antiquários. O mesmo aspecto oferecem as cadeiras de encosto alto. Ao fundo ou a um lado da sala, escavada na alvenaria da parede, uma lareira primitiva ao pé da qual estende-se uma pele de onça. Velhos escudos pregados nas paredes formam bárbaras panóplias onde predominam arcos e flechas, alternados com escopetas e pistolas. Um grande odre de vinho está pendurado a um canto e numa mesinha próxima há canecões. A porta ao fundo à esquerda dá para fora e, de dia, deixa entrever árvores. A porta à direita dá para o interior da casa.

É inverno, cerca de três horas da tarde, quando sobe o pano. No fogão a lenha está armada para que se faça um fogo, o qual só se acende mais tarde. João Ramalho está só no palco, sentado à mesa, examinando cuidadosamente uma pistola. Aparenta uns cinquenta anos de idade, mas é de fato muitíssimo mais velho. Do ponto de vista físico, aliás, a principal preocupação do ator que encarnar João Ramalho será a de mostrar que ele é muito mais velho do que dão a entender suas ações, sua maneira, seu vigor. Ele tem cabelo e barba negros, com uns fios de prata, sobrancelhas carregadas.

Pouco depois de levantado o pano entra Rosa Bernarda, filha de Ramalho e Bartira, esta uma das muitas concubinas índias de Ramalho, filha, por sua vez, do cacique Tibiriçá. Rosa Bernarda é uma linda mameluca de cabelos negros e lisos, olhos grandes, trigueira e rosada.

Ramalho tem pela filha uma paixão absoluta, paterna e carnal ao mesmo tempo, e Rosa a retribui com amoral displicência, candidamente afeita à vida endogâmica da pequena vila sem mulheres brancas e sem ética europeia. Instantes mais tarde entra mestre Antônio Rodrigues, gordo, baixo, calvo, pintor apaixonado pela arte mas sem tempo e sem meios de se realizar. Veio com Ramalho da cidade de Coimbra e tem um incansável ideal de vida pacata e criadora.)

Rosa Bernarda *(que vem falando desde fora, entrando pela esquerda)* — Meu pai! Meu pai! uma beleza de auto, meu pai! O anjo chega assim e diz...

João Ramalho *(largando a pistola sobre a mesa e olhando a filha)* — Calma, criatura, para que tanta pressa em falar? Por que não toma um pouco de fôlego?

Antônio Rodrigues *(entra, também afobado, pela direita)* — Você já soube, João Ramalho, que domingo passado?...

Rosa Bernarda — Mestre Antoninho, meu troca-tintas, e você, meu pai, não digam mais nada. Vocês precisam é ver o auto que os índios lá do Colégio dos Jesuítas estão representando no adro da nossa igreja. Uma beleza! Cheio de diabos, de santos, de pecados e virtudes a discutirem o tempo todo.

João Ramalho *(entre dentes)* — Esses padres do Colégio não saem agora de Santo André. Por que não ficam lá em São Paulo? Não vou ver auto nenhum. Aposto que é de... desse padre que gosta de pregar sermão aos outros com esses teatrinhos de sacristia.

Rosa Bernarda — Ora, que nada, meu pai! A história é quase sempre de anjos e santos. Só se o sermão é nos pedaços em latim, porque o resto é até bem engraçado. E você vai ter de ver o espetáculo,

sim, porque eu pedi aos atores
que viessem aqui em casa.

João Ramalho — E com autorização de quem? *(batendo com o punho na mesa)* Não quero esses roupetas de São Paulo debaixo do meu teto.

Rosa Bernarda *(petulante)* — Com autorização minha.

João Ramalho *(depois de um instante em que parece que se vai encolerizar)* — Ora, você sempre acaba ganhando! *(para Antônio Rodrigues)* Onde é que já se viu fazer teatro com índio, compadre? E são todos índios batizados, veja bem... *(ri)*

Antônio Rodrigues — Por falar em batizado...

João Ramalho — Índio precisa é de enxada na mão e relho no lombo! Esses padres só se metem para atrapalhar.

Antônio Rodrigues — E tudo que fazem agora, João Ramalho, é com a mesma ideia:

	Santo André da Borda do Campo deve passar seu título de vila a São Paulo e mudar para lá seu pelourinho. Ultimamente têm falado nisto mais do que nunca. Eu queria mesmo dizer...
JOÃO RAMALHO	*(soturno)* — Razões estratégicas, alegam eles, razões coisa nenhuma. Querem é despir Santo André para vestir São Paulo, querem é o planalto inteiro todo catita, todo arrumadinho, cheio de leis e de ordenações como a terra velha que ficou lá do outro lado do mar!
ROSA BERNARDA	— Mas o auto não tem nada com isto. É uma lindeza, meu pai. Tem um demônio medonho, que diz: *(com voz rouca)* Eu sou a Luxúria eu mordo com fúria os homens perdidos, não sei mais o quê, não sei mais

o quê. Depois um santo com uma auréola enxota a Luxúria e vem a Preguiça e depois, com um galho de espinheiro na mão, entra o Sacrilégio, que começa...

JOÃO RAMALHO *(resmungando)* — Sacrilégio ou não sacrilégio, da próxima vez que me falarem em mudar esta vila para São Paulo eu espeto um desses padres numa flecha como se espetasse um carneiro, e quando estiver bem tostado passo-o aos guaianases para um banquete.

ROSA BERNARDA *(contendo o riso)* — Não fale assim, meu pai. Onde é que já se viu?

JOÃO RAMALHO — E para dar o bom exemplo sou até capaz de guisar uma orelha dele especialmente para a minha ceia.

ROSA BERNARDA *(rindo agora francamente)* — Ai, meu Deus, que pai impossível!

É capaz de comer mesmo a tal orelha.

João Ramalho *(num assomo de paixão)* — Teu riso é um rumor de cascata na hora da sede! *(mudando bruscamente de tom)* Mas vamos acabar com essa ideia de trazer bugre de padre para dentro de casa, só para ver umas momices e ouvir uns versinhos. É melhor você ir lá dizer ao padre...

(Batem à porta.)

Rosa Bernarda *(vai para a porta dançando)* — Aqui estão eles, aposto que são.

(Rosa abre a porta e entram Padre Paiva, um jesuíta, com três índios pobremente vestidos e um mameluco bem posto. Os índios, apesar da roupa de brancos, levam o cabelo aparado acima da orelha e andam de pé no chão. Padre Paiva para perto da porta, depois

*de cumprimentar com a cabeça. Os índios postam-
-se ao fundo, à direita do fogão. Rosa Bernarda, João
Ramalho e Antônio Rodrigues sentam-se de lado para
a plateia.*

*Os versinhos do auto são pronunciados ingenua-
mente, com o ritmo marcado, mas nada tem de ridículo
a declamação. A gravidade dos índios tira qualquer
possibilidade de grotesco à cena.)*

>PADRE PAIVA *(do seu canto)* — Chama-se este auto do reverendo padre José de Anchieta *(ao ouvir esse nome João Ramalho, num movimento nervoso, toma a pistola de cima da mesa)* A Vitória dos Anjos sobre o Morubixaba. Eis o prólogo:
>
>1º ÍNDIO — Diremos a história que inda há de passar de um homem punido de forma exemplar.
>
>2º ÍNDIO — A Deus não temeu aos seus desonrou seu anjo da guarda de triste morreu.

(João Ramalho levanta-se ao acabar a estrofe. Antônio Rodrigues tenta detê-lo mas ele já se erguera. Rosa está inteiramente absorvida no espetáculo. Durante o resto do pequeno trecho do auto João Ramalho anda pela sala, brincando com a pistola, encosta-se à parede, entre o fogão e o jesuíta, olha várias vezes este que, com uma cara suave mas uma atitude firme, não se move, olhando em frente.)

3º ÍNDIO — Vazio o sacrário fugiu-lhe do peito o seu coração em penas desfeito.

1º ÍNDIO — Quando esse homem viu que o seu coração partira, deixando-o em atroz solidão, gritou-lhe aterrado:

2º ÍNDIO — "Volta ao meu corpo!"

TRÊS ÍNDIOS JUNTOS — Mas nada se ouviu.

3º ÍNDIO — De peito deserto, de alma vazia o homem era morto.

TRÊS ÍNDIOS JUNTOS — O homem era morto!

PADRE PAIVA — E aqui, encerrando o prólogo, começa, neste auto do reveren-

do padre Anchieta, a história de
Sodoma quando quis nascer em
terra da Santa Cruz.

MAMELUCO *(que tira de sob o braço um manto azul e o veste nos ombros, abotoando-o na gola)* Eu sou o apóstolo
São Paulo chamado
e em Piratininga
cidade hei fundado.

1º ÍNDIO *(apontando-o)* — Andou hoje oito milhas
nos campos a pé
para isto dizer
ao mui Santo André:

MAMELUCO — André, este nome
de santo que vem
de Genesaré
não o percas, André.

TRÊS ÍNDIOS JUNTOS *(tom de ladainha)* — André, não o percas.

MAMELUCO — Os ramos são verdes
domingo de palmas

　　　　　　　　　　mas certas pessoas,
　　　　　　　　　　Deus guarde suas almas.
TRÊS ÍNDIOS JUNTOS *(no mesmo tom)* — Deus guarde
　　　　　　　　　　sua alma.
　　　　MAMELUCO — Certas pessoas
　　　　　　　　　　têm ramos no nome
　　　　　　　　　　mas ramos estéreis,
　　　　　　　　　　que nada produzem.
　　　　　　　　　　Tal como a figueira
　　　　　　　　　　do Santo Evangelho
　　　　　　　　　　que Deus repreendeu,
　　　　　　　　　　surgiu nesta terra
　　　　　　　　　　um sáfaro galho
　　　　　　　　　　de nome Ramalho
　　　　　　　　　　que o demo acolheu...
JOÃO RAMALHO *(com um calmo gesto de mão
　　　　　　　　　detém os atores, anda lenta-
　　　　　　　　　mente para o padre, segura-o
　　　　　　　　　pelo hábito. Rosa Bernarda e
　　　　　　　　　Antônio Rodrigues se precipi-
　　　　　　　　　tam para ele, encolhem-se os
　　　　　　　　　índios uns contra os outros e
　　　　　　　　　João Ramalho encosta o jesuíta*

à porta, quase levantando-o do chão) — Escuta, padre, eu luto com pólvora e com aço, não luto com versinhos de autos ou histórias de catecismo. Diz a quem te mandou me insultar que aqui não ponha os pés. Santo André da Borda do Campo há de viver muito mais do que todos nós — e muitíssimo mais do que esse sacristão temerário, fabricante de autos, se daqui se aproximar. *(larga padre Paiva)* Vai!

PADRE PAIVA *(fitando-o imóvel)* — O fogo do céu não deixou que Sodoma e Gomorra vivessem mais do que viveram os pecadores que continham. Anchieta te manda dizer que te emendes, João Ramalho. Em Santo André os homens escravizam os índios, quando os índios têm uma alma que pertence a Deus. Em Santo André não se castigam os crimes contra a moral, João Ramalho. Em Santo André os homens têm quantas concubinas querem e ainda pecam com as próprias filhas. Anchieta te adverte...

JOÃO RAMALHO — Anchieta! Anchieta! É bom que me advirta de longe porque entre mim e ele haverá sempre a distância de um tiro de arcabuz.

PADRE PAIVA — Anchieta é um santo.

JOÃO RAMALHO — E lugar de santo é o céu! Aqui em Santo André eu preciso de homens de carne e osso, de escopeta e de arco. Até padres podem vir. Eu preciso de padres como preciso de pedras, como preciso de tábuas — mas quero padres que digam a esses índios vadios que Deus lhes ordena que trabalhem, padres que usem o rosário como um açoite e o Crucifixo como um tacape. Santos — não tenho como utilizá-los aqui. Vai!

PADRE PAIVA — Tua vila sem Deus já é considerada um covil de bandidos. A igreja, que hipocritamente construíste, um dia ruirá de vergonha, cairá de joelhos em meio à praça em que se ergue. Vem com tua gente para o redil de São Paulo de Piratininga. Lá é que devemos estar todos reunidos. Lá o nosso santo fará reviver como uma flor a alma de tua gente. Anchieta...

JOÃO RAMALHO *(metendo-lhe a pistola no peito)* — Vai.

PADRE PAIVA *(abaixando a cabeça, que meneia)* — Adeus, João Ramalho.

(Padre Paiva vai saindo, lento, e os atores índios a ele se incorporam. Saem.)

João Ramalho *(passeando furioso pela sala, pistola já na cinta, enquanto Antônio Rodrigues e Rosa Bernarda, de pé a cada lado da lareira, o acompanham com o olhar)* — A ousadia desses... desses biltres! Como se alguém assassinasse a frio uma cidade plantada *(olha as mãos crispadas e abertas)* com as mãos da gente. Cidade que eu finquei na terra como se fincasse uma bandeira. Covil de bandidos!... O desplante desses padres! E que me importa? Qualquer bandido que traga o seu arcabuz é melhor que dez santos. Cidades e jardins crescem no esterco. Anchieta! Anchieta! Anchieta! Eu ainda volto um dia a Portugal, vou ao palácio de El-Rei para lhe pedir que não mande mais santos ao Brasil. Mande-me os degredados, mande o bagaço humano que é preciso para derrubar estas brenhas e fecundar estas índias. Santos deviam ficar lá nos paços de Lisboa, para confessar fidalgas e rezar missa na capela das quintas. Precisamos aqui de homens que metam o índio nas lavouras e que pesem na rede das cunhãs. *(como a falar a alguém que estivesse na porta da esquerda)* Nós somos o estrume do planalto, Anchieta, e havemos de plantar uma pátria feroz nestas alturas. Ainda hei de despejar serra abaixo a gente de São Paulo de Piratininga e depois postarei cinco mil arcos de guarda no caminho do mar. *(voltando-se, brusco, para Antônio e Rosa)* Sabem qual foi a mais recente "profecia" do santo Anchieta? Mandou dizer ao chefe da malta de santos lá em Roma que São Paulo ainda vai ser a grande cidade desta terra. *(ri)* Profeta! Antônio Rodrigues, ouça: amanhã mesmo desceremos à costa para falar ao governador-geral, que deve estar arribando. Precisamos chegar lá antes dos padres exigirem do governador que mande arrasar Santo André em benefício de São Paulo. Precisamos ter a postos todos os nossos arcabuzes e nossos arcos. Avisa ao velho Tibiriçá, logo que ele voltar de sua visita às tabas da mata...

Antônio Rodrigues — João Ramalho, desde que entrei aqui estou para lhe dizer...

João Ramalho — Sim?

Antônio Rodrigues — ...que tanto Tibiriçá como Caiubi foram batizados...

João Ramalho *(rígido)* — Pelo padre Anchieta.

Antônio Rodrigues — Pelo padre Anchieta, domingo último, com mais dez capitães índios, e levaram seus arcos para São Paulo. A visita às malocas do interior foi um miserável pretexto, João Ramalho.

João Ramalho *(entre sardônico e evocativo)* — Tibiriçá... Um dos meus primeiros "sogros" neste Brasil... Pai de Bartira, da mãe de minha Rosa Bernarda e de tantos outros filhos e filhas espalhados por aí, já pais e até avós... A traição de Caiubi é dura de tolerar, mas a de Tibiriçá é quase como uma punhalada em família...

Antônio Rodrigues — João Ramalho, você perdoe essa aflição que eu lhe trago, mas foram também portugueses para o lado dos jesuítas, em São Paulo. Saíram também sorrateiramente — o Fernão Gago, o João Proença e o Lopo Beirão.

Foram todos ao mesmo tempo, todos domingo. Eu ia mesmo discutir as tristes novas com você quando Rosa Bernarda veio entrando, para anunciar os atores.

João Ramalho — Ratos não abandonam a nau assim por coisa nenhuma... *(batendo na testa)* Eles foram mais ligeiros do que nós, Antônio Rodrigues, esses padres do Colégio. Provavelmente o governador já chegou há dias da Bahia e os encontrou entre os moluscos das pedras da Bertioga. E talvez o bandido do governador tenha concordado com os planos de abandonar Santo André e concentrar os brancos do planalto em São Paulo.

Antônio Rodrigues — Talvez seja isto. Assim se explicaria que esses poltrões que querem estar sempre com o governo tenham já tomado o rumo de São Paulo.

João Ramalho — E assim contam os jesuítas encerrar a luta... Sem dúvida obtiveram do próprio governador que mandasse mudar o pelourinho de Santo André para São Paulo...

Antônio Rodrigues *(compungido)* — Sim, sim, com certeza é isto. Mas, Ramalho, não desesperemos.

João Ramalho — Desesperar? Mas são novas excelentes!

Antônio Rodrigues — Excelentes?! Por quê?

João Ramalho — Porque nesse caso é a guerra! A guerra contra os padres, contra o governo-geral, contra Sua Majestade, contra Deus. O planalto será a conquista da nossa guerra. Ficaremos sós, Antônio, sós, minha Rosa Bernarda. *(para Antônio)* Vá e espalhe a boa nova. Mande repicar o sino da ermida, que ainda não caiu de joelhos, mande fechar as portas da cidade, proíba a saída de quem quer que seja. Se alguém mais quer fugir para São Paulo em busca de batismo, que seja batizado aqui mesmo — com pólvora em vez de sal e sangue em vez de água benta. Vá, Antônio, mande repicar os sinos. E que toquem até alta noite.

CORTINA

CENA II

(Um intervalo rápido. Quando o pano sobe novamente é a noite do mesmo dia. A lareira foi acesa e toda a sala está rubra com as labaredas, pois não há outra luz. Ao longe toca o sino festivo, anunciando guerra. João Ramalho e Rosa Bernarda estão sós, esta afinando com uma pequena faca a ponta de várias setas que se acham sobre a mesa.)

>JOÃO RAMALHO *(rindo)* — Que há numa véspera de guerra que faz um efeito de vinho na alma da gente? Um efeito de vinho bom, de vinho alegre?
>ROSA BERNARDA — Não sei, meu pai, mas acho que a vida sem a morte rondando perto fica... sei lá! *(ri também)* Fica assim feito faca sem gume, feito caju sem um

pingo de cica, feito cajá-manga doce demais, sei lá.

João Ramalho — Acho que cada inimigo que matamos nos transmite seu brio, sua coragem, a força extrema que usava no instante da batalha. Os índios comem o inimigo mais valente por acharem que só engolindo o bravo é que herdam sua bravura. *(ri)* Exageram um pouco, mas têm a ideia certa. É aquele júbilo que a gente sente no momento em que racha a cabeça de mais um, ou quando descarrega a pistola nos olhos do inimigo, é aquela alegria que entra pelas veias da gente como um vinho e fica girando no corpo. A vida do inimigo morto assim passa a viver dentro da gente. Os grandes povos são os mais guerreiros, porque estão sempre tirando a sustância dos povos derrotados. *(pausa: sombrio)* Já recomendei aos meus bons arcabuzeiros e arqueiros que lancem balas e flechas a um alvo só…

Rosa Bernarda *(depositando sobre a mesa uma flecha que aparava e levantando-se)* — Quem? Que alvo é esse?

João Ramalho *(olhos perdidos no espaço)* — José de Anchieta. Sabe lá?… Quem mata um santo é capaz de ficar com a santidade. Eu o mato a tiro, flecha e punhal quando o vir — mas prefiro que outros o matem. É mais seguro.

Rosa Bernarda *(que o arranca duramente ao devaneio quando se ergue da mesa e o encara com olhos faiscantes)* — Nunca vi meu pai a balbuciar coisas assim, sem razão e sem motivo, sobre o inimigo. Que feitiço terá esse padre para fazer João Ramalho falar essas estranhezas tão sem alegria na véspera do combate? *(irônica)* Ou é a velhice que chega para aquele que mais teve filhos e netos em toda a cristandade? Quem sabe se não será João Ramalho, o próprio alcaide-mor de Santo André, quem irá domingo que vem lavar os pecados com os jesuítas, lá no Tamanduateí?... Vá bem cedo, para a comunhão...

JOÃO RAMALHO *(fascinado, tomando-a de súbito nos braços)* — Nem um só dos meus varões nasceu com esse espírito. *(olhando-a bem nos olhos, enquanto o fogo sobe na lareira)* Rosa Bernarda, minha filha, quando sinto o seu corpo contra o meu é como se abraçasse a espada da minha juventude, a espada da minha primeira morte. Rosa de aço!

(O fogo avermelha as barbas de Ramalho e o perfil de Rosa Bernarda. Neste momento ouvem-se vozes do lado de fora. Ramalho e a filha se desenlaçam. Vai ele para a esquerda e abre a porta.)

    João Ramalho *(para fora)* — Alguma novidade?
    Antônio Rodrigues *(acercando-se)* — Um estranho que nos pede acolhida.
    João Ramalho — Um estranho? Mas todos no planalto já devem ter ouvido que os brancos estão em guerra.

(Rosa Bernarda sai, distendendo os braços num bocejo.)

Antônio Rodrigues — É um náufrago, João Ramalho. Ia a caminho das Índias. Acabamos de dar-lhe algo a comer e um gole de vinho. Chegou aqui exausto, pois caiu num trecho ermo da costa e subiu a serra, sem saber aonde ia.
    João Ramalho — Veio da praia a Santo André? Hum, deve ser homem de fibra. E traz as suas armas?

Antônio Rodrigues — Sim, fez questão de se munir de armas entre os destroços da nau.
João Ramalho — Faça-o entrar. Ainda bem que veio ter a Santo André e não a São Paulo.

(Afasta-se Antônio Rodrigues, João Ramalho vem para o centro da sala, e pouco depois entram Antônio Rodrigues e Diogo Soeiro, tipo fino de homem, cabelos louros e olhos claros. Suas roupas de bom pano estão em péssimo estado, os calções têm manchas de sangue. Traz uma sacola de couro ou pano grosso na mão. É um homem educado, disciplinado, que sabe aonde vai.)

Diogo Soeiro *(curvando-se)* — Senhor.
João Ramalho — Eu sou o alcaide-mor desta vila de Santo André da Borda do Campo. Quando cheguei a esta parte do Brasil nenhuma bota de homem branco tinha marcado a areia da praia. Quando o primeiro donatário chegou eu já tinha bem umas

três famílias. *(sarcástico, mas observando Diogo o tempo todo, falando como quem ganha tempo para estudá-lo antes que abra a boca)* Naturalmente, devo obediência ao governador-geral desta terra e até mesmo à Sua Majestade El-Rei, lá em seus paços em Lisboa, mas estas terras bárbaras têm seus dias estranhos, senhor...

Diogo Soeiro — Diogo Soeiro, para servi-lo, senhor alcaide-mor.

João Ramalho — Pois têm dias estranhos, senhor Diogo Soeiro, e este é um deles. A contragosto fui levado a, digamos, suspender temporariamente minhas fidelidades ao governador-geral e outras autoridades que, sob a capa de dar maior segurança à comunidade branca do planalto em que nos achamos, pretendem que eu transfira para o Colégio dos Jesuítas em São Paulo os foros de vila e o pelourinho de Santo André da Borda do Campo.

Diogo Soeiro — Dos bons andreenses que me recolheram ouvi a história, senhor João Ramalho.

João Ramalho *(exaltando-se)* — A história da traição do governador Mem de Sá? Que pensam esses prepostos do Reino que são, diante dos que realmente estão na posse da terra? Pois desce um padre antes de mim à costa e fala ao governador-geral sobre a conveniência de reunir os brancos em São Paulo, sob a proteção do bom Deus do Colégio dos Jesuítas, ao mesmo tempo que fulmina o antro de malfeitores que dizem ser Santo André, e pronto! O governador concorda gravemente. Os padres, antes que a notícia seja oficialmente comunicada a mim, a Santo André, avisam alguns traidores andreenses da decisão do governador, na esperança de que espalhem a notícia bem espalhada e que todos fujam daqui para São Paulo. Na esperança de que o sangue de Santo André se esvaísse naturalmente para São Paulo! Esta a trampazinha que arranjaram. Mas estão fechadas todas as artérias de Santo André e eu saberei dizer aos mensageiros do governador, quando cheguem, que podem ficar do lado de fora dos muros da cidade, que podem voltar sem dizer nada. Não há nada que feda mais longe e uive mais alto do que planozinhos armados em segredo como esses dos padres. Eu... *(voltando a si)* Mas perdoe a um branco asselvajado e que não se lembra mais de fazer as honras da casa nem a um compatriota exausto. *(para Antônio Rodrigues, que sai em seguida)* Arranje roupas para o nosso hóspede. Ele dormirá aqui mesmo, ao pé do lume. *(para Diogo Soeiro, cauteloso)* Que lhe parece a nossa causa?

DIOGO SOEIRO *(sorrindo)* — Eu sou um homem que passa, senhor alcaide-mor. Sirva-se da minha espada e do meu arcabuz. Arranje depois os meios de me colocar num navio que demande as Índias, e me considerarei bem pago. Sou lá do Douro, de gente de sangue limpo mas de fazenda escassa. Saí para tentar a fortuna no Oriente e maus ventos me trouxeram a estas praias do

Brasil. Façamos com que esses ventos ao menos aproveitem ao alcaide-mor e à sua Santo André. Depois continuarei minha viagem para o Oriente.

João Ramalho — É um trato. Estamos entendidos. Ajude-me a arrancar São Paulo, com todas as suas raízes, do chão do planalto. Eu lhe arranjarei a nau e praza a Deus que regresse a Portugal carregado de especiarias.

(Entra Antônio Rodrigues, com roupas no braço, e as deposita sobre a mesa. O fogo está quase morto no fogão.)

João Ramalho — E agora vamos deixá-lo. Boa noite.
Antônio Rodrigues — Boa noite.
Diogo Soeiro — Boa noite e que Deus recompense a boa acolhida que tive, senhores.

(Saem João Ramalho e Antônio Rodrigues. Por alguns minutos, depois de se fechar a porta da direita, por onde saíram, Diogo mantém a mesma atitude de displicência polida e de fadiga, que foi a sua até agora. Passado esse tempo, inteiriça o corpo, seu rosto fica vivo e alerta. Vai até à porta por onde saíram João Ramalho e Antônio Rodrigues e põe o ouvido à escuta. Depois, passeia os olhos pela sala, vai às panóplias, examina ligeiramente duas ou três armas, balança a cabeça como quem não está muito satisfeito. Senta-se à mesa e tira do gibão um rolo de papel que parece ser um mapa, ou o risco de uma cidade, e corre o dedo sobre certos pontos. Torna a balançar a cabeça e de repente ouve-se a porta que se abre. Ele tem apenas tempo de enfiar o rolo de papel na sacola e de fingir que adormeceu com a cabeça apoiada ao braço, sobre a mesa.)

ANTÔNIO RODRIGUES *(aproximando-se)* — Exatamente o que eu imaginava. O fidalguinho pegou no sono sem ter sequer tempo de se acomodar direito. *(batendo no ombro de Diogo)* Vamos, rapaz, para perto

do fogo que é lugar aconchega-
do. E mude essa roupa úmida
e suja. *(passa o braço sob o de
Diogo, que se levanta, sorri e começa a andar para perto do fogo
apoiado em Antônio Rodrigues)*
Guerras, naufrágios, mortes, é
uma coisa horrível este mundo
em que vivemos. *(deixa Diogo,
que começa a mudar de roupa
perto do fogo, enche no odre um
canecão de vinho e senta-se à
mesa, encarando a plateia)* Isto
não é mesmo mundo para quem
ama as artes como eu e que gos-
taria de pintar como Nuno Gonçalves. *(apanha distraidamente,
do chão onde caiu, a sacola de
Diogo, que mal controla um movimento de quem vai arrebatá-la
às suas mãos. Antônio larga a
sacola e Diogo se acomoda ao pé
do fogo, olhos cerrados. Antônio,*

que bebe o vinho de um trago e enche outro canecão, começa a se embriagar) E quando eu me lembro que antes de fugirmos juntos de Coimbra, deixando lá nossas respectivas mulheres a arrancarem os cabelos debaixo dos choupos, João Ramalho costumava dizer: "Nas novas terras que estão sendo descobertas, Antônio, ninguém vai dizer a você que pintura não traz favas ao pote." Mas qual! Aqui é a mesma coisa! Em Coimbra a gente vivia naquele aperreamento de dizer se era católico ou protestante, cristão ou marrano; aqui a gente precisa ser andreense ou paulista, ramalhista ou anchietano, pelos índios ou contra eles. Imaginem! Numa terra deste tamanho, que ninguém sabe se acaba em alguma parte, já estamos a nos engalfinhar como lá nos velhos reinos. E como se há de pintar com tal agitação, senhor? *(enlevado e erguendo na mão a sacola de Diogo, como a contemplar um quadro)* Outro dia, por falta de tela e muita vontade de pintar, fiz um lindo anjo azul sobre nuvens entre os dois peitos castanhos de uma índia. Durante três dias aquele meu quadro ambulante deleitou toda Santo André. Depois a bárbara tomou um tal banho no Guapituba e se esfregou de tal modo com tabatinga que acabou com o anjo. *(larga a sacola no chão, vem para o proscênio e cai a cortina por trás dele. Diogo Soeiro deve aproveitar o tempo para acabar de mudar de roupa)* No passo em que vamos, o mundo poderá ficar apinhado do que se queira. Mas permitam-me uma profecia: os artistas se acabam. Ou, se teimarem em ser apenas artistas, acabam com eles. O que vem a dar no mesmo. Esperem e vejam se não tenho razão.

CORTINA

CENA III

(Sobe a cortina às suas últimas palavras. A cena está bastante escura pois o fogo se extinguiu inteiramente. Mal se divisa o vulto de Diogo Soeiro, estendido ao pé do lar. Rosa Bernarda entra pela direita, cantarolando, atravessa a cena e abre de par em par a porta. Um jorro de sol coado em árvores verdes inunda a sala. Do lado de fora entreveem-se, agora, as próprias árvores. Quando Rosa Bernarda se volta novamente para a sala, detém-se, surpreendida, diante de Diogo Soeiro adormecido, a cabeça deitada nas roupas que tirou. Ela o mira longamente... É o começo do amor que a dominará por completo. Da parte de Diogo Soeiro, o amor, embora verdadeiro, será a agradável repetição de uma experiência anterior. Para Rosa Bernarda é uma revelação e um sofrimento. Desta cena em diante ela irá perdendo sempre mais e mais a arrogância alegre de até agora.)

Diogo Soeiro *(que sente a mirada de Rosa Bernarda e desperta)* — Estou em... Ah, sim, é verdade... *(espreguiça-se, sentado no chão)* Estou em Santo André da Borda do Campo *(olhando Rosa Bernarda)*, vila onde se acorda muito cedo. *(fixando-a melhor e levantando-se)* Ou será que ainda não acordei e que continuo no meio de algum sonho povoado de visões?...

Rosa Bernarda *(deixando o ar de estupefação com que contemplara Diogo Soeiro adormecido e ouvira suas primeiras palavras)* — De fato eu acordo muito cedo, mas não o despertaria se não o encontrasse na sala de minha casa, dormindo ao pé do meu fogo, numa pele de onça que eu mesma curei.

Diogo Soeiro — O-lá!-lá!... *Minha* casa, *meu* fogo, *minha* onça!... Acontece que um cortês senhor, que tomei como dono da casa, do lar, da onça, e que me parece ser o alcaide-mor desta cidade, um senhor a quem chamam João Ramalho, convidou este pobre náufrago a dormir sob um teto que parecia considerar seu. Se pertence a vossa graciosa mercê e aqui dormi sem permissão, venha o castigo.

ROSA BERNARDA *(que não consegue recobrar suas atitudes firmes)* — Eu... eu sou a filha do alcaide-mor, João Ramalho.

DIOGO SOEIRO *(com uma mesura)* — E eu sou Diogo Soeiro, senhora, nascido no Douro, possuidor de poucos vinhedos e muitas ambições, entre as quais figura agora, em lugar eminente, a de atrair a benevolência e, se possível, a simpatia da dama a quem se dirige no mundo.

Rosa Bernarda *(num meio rompante, sentindo a diferença entre o visitante e os homens rudes que conhece, e com uma pena que não sabe articular)* — Por favor, não fale assim. Eu sou índia pela metade e me criei sempre aqui. *(orgulhosa)* Não temos na terra damas nem cavalheiros. Aqui só há homens e mulheres.

Diogo Soeiro *(trocando o tom meio irônico por um ar afetuoso e olhando Rosa com um princípio de ternura)* — Há sempre damas onde há caráter e assevero-lhe que mesmo em Lisboa as verdadeiras são difíceis de encontrar. O fato é que vim ter ontem a Santo André, depois de escalar a serra que separa o litoral destas alturas. Mestre Antônio Rodrigues e o alcaide-mor seu pai me acolheram como hóspede e amigo.

(Há uma pausa em que os dois se olham bem nos olhos. Rosa, constrangida, dá as costas a Diogo e encaminha-se para a porta por onde entram o sol e o canto dos pássaros. Quando sente que Diogo, embevecido, aproxima-se dela, encara-o de novo.)

Rosa Bernarda *(disfarçando o enleio)* — Onde ia quando naufragou?
Diogo Soeiro — Eu ia às Índias, formosa,
e às terras do preste João,
buscar o benjoim balsâmico
e a mirra de santo aroma
que um dia foi a Belém
no embornal de Baltasar.
Buscava o tenro açafrão,
o amarelo âmbar malaio
esse azulíssimo anil
que as donzelas de Cambaia
fabricam espremendo forte
ardentes céus de verão.
Buscava o incêndio encarnado
dos rubis lá de Pegu,
também cardamomo e nardo,

        laca de Ormuz, cinamomo,
        o almíscar, a noz-moscada,
        o sândalo alvo e o fulvo,
        as cambraias de Bengala,
        sedas da China, geladas,
        urdidas em verde jade,
        bordadas a fio de lua...

(breve pausa)

    DIOGO SOEIRO — Qual é o seu nome, formosa?
    ROSA BERNARDA — Meu nome é Rosa Bernarda.
    DIOGO SOEIRO — E vim aqui encontrar o que
                      ia buscar no Oriente:

(aproxima-se dela, fitando-a)

    DIOGO SOEIRO — tamarindo saboroso,
                  cássia de Ceilão, gengibre...
                  (estende os braços para Rosa, que
                  foge)
                  olhos de mel, de canela...

(Rosa recua e Diogo deixa tombar os braços)
fogo mau de malagueta!

(Rosa coloca a mesa entre os dois.)

Rosa Bernarda — O pobre! Em vez das Índias, Santo André, pau-brasil em vez de essência de sândalo, em lugar de palácios, engenhos de açúcar...
Diogo Soeiro — Ai, Rosa, o açúcar não sinto
que adoce a gente da terra.
Ai de mim, pobre que sou,
Deus me castigue com mundos
que eu nem ousara sonhar!
Essências não levo em baús
e nem levo especiarias
no porão do meu navio:
levo-as em mim, maceradas...
Rosa Bernarda — Como, senhor?
Diogo Soeiro — Em meu peito,
arde em fumo de pimentas

esse pobre coração,
flamas lívidas de cânfora,
óleos, resinas ferventes,
queimam-me o peito, requei-
mam,
queimam tudo que eu amava,
enchem-me os olhos de pranto.

(Pausa. Diogo põe-se a rodear a mesa.)

Rosa Bernarda *(nervosa)* — Das especiarias
todas, me diz qual a mais pre-
ciosa? Canela? Gengibre?
Diogo Soeiro *(enlaçando-a rápido)* — Cravo!
Rosa, cravo moreno,
cravo-da-índia, condimento,
perfumoso cravo flor
e férreo cravo cruel,
cravo da cruz em que gemo!
Rosa Bernarda *(repelindo-o)* — Cuidado! A
qualquer instante entrará…
Diogo Soeiro *(desolado)* — Prouvera Deus que
eu tivesse

uns pães de cânfora nívea
trazidos lá de Samatra!
Quem sabe? Talvez Amor
encontrasse onde frechar...

ROSA BERNARDA *(espantada, perturbada, olhando frequentemente as portas mas incapaz de se desprender do fascínio que a domina)* — E pode a cânfora engendrar amor? Mesmo em quem teme o amor e em quem ri do amor?

DIOGO SOEIRO — Ah, formosa, em minha terra,
um varão duro, orgulhoso
e que sozinho vivia
em quinta de amplo pomar,
zombou da cânfora nívea
chamou-a, rindo, de noiva,
mergulhou-a em vinho tinto,
bebeu o vinho de um trago...

ROSA BERNARDA *(incapaz de suportar a ligeira pausa)* — E então?...

DIOGO SOEIRO — Com um grito de amor,
o homem olhou à sua roda

      buscando uma noiva nívea,
      buscando alguém para amar!
Rosa Bernarda — E achou?
 Diogo Soeiro — Acharam-no, ao pobre,
      morto sob o laranjal...
      Bradou pela quinta inteira,
      deserto que ele criara,
      buscando alguém para amar,
      mas nenhuma criatura
      socorreu sua paixão.
      Cantou então seu amor
      a uma frágil laranjeira
      lá do canto do pomar...
      E ao tombar, morto de amor,
      curvara-se a laranjeira
      para acender junto ao corpo,
      como lâmpadas de boda
      e como seios de esposa,
      seus frutos os mais redondos,
      os mais dourados, vermelhos...
Rosa Bernarda *(novamente enlaçada por Diogo,*
      quase patética) — Sei agora que

as naus que se rompem e nau-
fragam
de tábuas descosidas pelo mar
fervente
odeiam a nau que eram, amam
o mar que as destrói.

(Diogo a beija apaixonadamente, sem nada ouvir. Pela porta da esquerda entra Antônio Rodrigues, que se detém, interdito. Quando o pressentem, os dois se separam. Aproxima-se Antônio Rodrigues.)

ANTÔNIO RODRIGUES *(a princípio tão confuso quanto os amantes, mas que depois fixa Rosa Bernarda sério, alarmado)* — Rosa Bernarda, tem cautela!
ROSA BERNARDA — Todos terão de saber, mestre Antônio.
ANTÔNIO RODRIGUES — Sim, é claro. Essa tragédia era inevitável, a de aparecer alguém que viesse colher Rosa Bernarda. Minha advertência era outra.

Rosa Bernarda — Outra? Qual?

Antônio Rodrigues — Eu pensava na expressão que tinha o seu rosto quando entrei, Rosinha. Ah, se eu pudesse pintá-la! Já vislumbrei esse mesmo olhar de assombro e de êxtase em alguns grandes quadros e, quando não está na cara das santas, está na das mulheres que sofreram muito. Tem cautela, Rosa Bernarda!

CORTINA

FIM DO 1º ATO

ATO SEGUNDO

CENA I

(Mesmo cenário, na tarde do dia seguinte. Estão em cena Rosa Bernarda, que olha para fora, junto à porta aberta, João Ramalho e Antônio Rodrigues perto da mesa.)

ANTÔNIO RODRIGUES — Acho que seria rematada tolice nossa não receber os emissários do próprio governador-geral, João Ramalho. Não podemos deixá-los do lado de fora dos muros. Nós os expulsaremos, se forem insolentes, mas não podemos deixar de recebê-los. Desde que Braz Cubas aqui esteve, a mando de

Tomé de Souza, não recebemos visita do senhor governador.

João Ramalho *(sombrio)* — Desde que Braz Cubas aqui esteve para tornar Santo André uma vila, com todos os foros, e dar-lhe o pelourinho que outro governador-geral quer transplantar para São Paulo, a conselho dos milagreiros de Piratininga.

Rosa Bernarda — Mas, pai, não será melhor ouvir o que têm a dizer?

João Ramalho — Até você está prudente hoje, Rosa Bernarda. Quando anunciaram os do governador pensei que você fosse carregar a escopeta para saudá-los a tiro, do alto dos muros de Santo André.

Rosa Bernarda — Isto é como diz mestre Antônio, meu pai. Podemos dar os tiros que quisermos depois. No momento, o que me parece...

João Ramalho *(interrompendo-a)* — Pois bem, Antônio, deixe passar os emissários. Mas se eles pensam que vão sair daqui com a pomba da paz numa gaiola, a arrulhar docemente, podem regressar logo a São Paulo, que é de onde vieram.

(Antônio Rodrigues sai rápido pela esquerda. Rosa Bernarda permanece onde estava. João Ramalho, ostensivamente, dá as costas para a entrada à esquerda, de modo a receber assim os emissários.)

ANTÔNIO RODRIGUES *(que volta seguido de dois cavalheiros bem trajados e bem-tratados e que ficam evidentemente sem jeito ao ver João Ramalho de costas)* — Senhor alcaide-mor!
JOÃO RAMALHO *(bonachão, ainda de costas)* — Diga, mestre Antônio.
ROSA BERNARDA *(por um instante sentindo maliciosamente o sabor da cena)* — Meu pai, há aqui dois cavalheiros emplumados que lhe querem falar.

JOÃO RAMALHO *(voltando-se, altivo)* — Senhores...
ANTÔNIO RODRIGUES — São os embaixadores do governador-geral, senhor alcaide-mor, Lopo de Guinhães e o visconde de Val de Cruzes.
JOÃO RAMALHO *(curvando-se)* — Senhores... E o senhor governador, ficou na costa?
1º EMISSÁRIO — O senhor governador pretendia vir diretamente a esta vila de Santo André, mas ouviu estranho badalar de sinos, ficou interdito e dirigiu seus passos para São Paulo.
JOÃO RAMALHO — Isto quererá dizer que o senhor governador-geral ouviu os sinos de Santo André ainda na praia, antes de subir a serra, e por isto foi para São Paulo em lugar de vir para Santo André, não?
1º EMISSÁRIO *(em dúvida)* — Sim, assim foi.
JOÃO RAMALHO — Pois então devo dizer que ou bem os sinos de Santo André

não repicam, ribombam, ou bem os ouvidos do senhor governador não são orelhas, são caramujos.

(Rosa Bernarda sorri e Antônio Rodrigues, por trás dos emissários, faz o sinal da cruz.)

2º EMISSÁRIO — Por Deus, senhor, que quereis dizer?
1º EMISSÁRIO — O senhor governador...
JOÃO RAMALHO — Já devia estar em São Paulo quando ouviu muito distantes os sinos de Santo André, nossos festivos sinos guerreiros.
1º EMISSÁRIO *(falando franco)* — Senhor alcaide-mor, aqui viemos para, em nome do senhor governador, expor um plano e fazer-vos convite sobremaneira honroso e carregado da ideia de paz. O plano, como sabeis, é antigo e ditado por evidentes necessidades

estratégicas: Santo André não é uma cidade defensável diante de um ataque indígena maciço, na borda como está do campo, sem nenhuma visibilidade sobre suas próprias cercanias, enquanto São Paulo, de atalaia em suas alturas, poderia defender-se indefinidamente contra um assédio de forças as mais nutridas...

João Ramalho *(sardônico)* — Por que não fez o senhor governador estudos da terra e das possibilidades da artilharia no planalto antes que eu aqui chegasse, logo depois de descoberta a terra e dezenas de anos antes de qualquer outro branco? E por que não me mandaram então um forte todo de cantaria, já armado e artilhado, prontinho para ser erigido no lugar ideal?... Agora é um pouco tarde.

1º EMISSÁRIO *(detendo-o respeitosamente com a mão)* — Prossigo, senhor alcaide-mor: o senhor governador Mem de Sá, que conhece e reconhece os serviços que o senhor João Ramalho, desajudado do governo, tem prestado à capitania de São Vicente, e portanto a toda a Colônia e portanto à Coroa que cingirá um dia o príncipe dom Sebastião, o senhor governador resolve, ao ordenar a João Ramalho que passe para São Paulo o título de vila e o pelourinho de Santo André, que o dito João Ramalho passe igualmente a ser alcaide-mor e capitão-mor da futura vila de São Paulo, para lá dirigir as obras de defesa e os planos militares dos portugueses estabelecidos neste planalto de Piratininga. *(pausa)*

Creio que agora não haverá mais razões para que repiquem esses estranhos carrilhões de guerra em Santo André da Borda do Campo.

(Pela expressão e por um gesto que faz, como para cumprimentar os emissários, sente-se que Antônio Rodrigues achou a proposta perfeita. Ramalho apenas se inteiriçou mais.)

JOÃO RAMALHO — Pois continuarei chamando os andreenses à guerra, e guerra haverá contra todos os que me quiserem arrebatar a Santo André seu foro de vila. Haverá guerra a todos os que não sabem quanto custa plantar na floresta a semente de uma cidade. Os senhores me dão a ideia de que vieram de Portugal há pouco tempo. Provavelmente se estarão dizendo que isto que aqui

está ainda nada é. Eu também pensaria assim, quando ainda tinha diante dos olhos o meu ordeiro Mondego e, crescendo à sua beira como choupos, as torres coimbras. Para mim, tudo já nascera assim à beira do Mondego e as torres haviam crescido sozinhas, tal como os choupos. *(irado)* Agora eu sei quanto custa arar a terra para plantar uma cidade, ará-la com pólvora, com chumbo, regá-la com sangue de branco e sangue de índio, sangue de flecha e sangue de bala, sangue de amor e sangue de nascimento. Quando se finca o pelourinho diante da câmara, da cadeia, da igreja, o que se mete no chão não é um padrão de pedra com as armas de El-
-Rei, como esses que marcam a posse de uma praia deserta ou

de uma montanha virgem. O pelourinho é uma pedra viva, onde se petrificaram os gritos da guerra e os berros do parto, os uivos de agonia e os uivos de amor que encheram noites sempre perigosas, povoadas de índio e fera. *(Ramalho para de súbito, faz uma curvatura e pergunta.)* O senhor de Guinhães e o visconde de Val de Cruzes já tentaram amar alguém quando se ouve do leito um urro de onça? *(os emissários tossem, Antônio persigna-se de novo, Rosa ri, mas para de súbito, seu rosto adquirindo estranha intensidade: é Diogo que vem entrando pela porta da direita)* Ou quando a um quarto de légua os índios cantam, assando um branco que meia hora antes cantava e ria ao vosso lado, senhor visconde?

(De alguma forma a entrada de Diogo, que fica de pé, perto de Rosa Bernarda, parece restituir uma certa dignidade aos emissários.)

1º EMISSÁRIO — É exatamente por isto, senhor alcaide-mor, que o governador-geral, cumprindo ordens da rainha dona Catarina, quer que tenhamos neste planalto um pelourinho que se fixe para sempre na terra. Bem sabemos o quanto custa criar um pequeno centro de ordem e de vida civilizada nestas matas e...

ROSA BERNARDA *(voz trêmula)* — E por isto nosso esforço de andreenses deve ser perdido. Por isto devemos carregar nossas casas para São Paulo, como um bando de ciganos... *(Diogo faz um imperceptível gesto de quem vai dizer algo a Rosa, mas se detém a tempo)* Por isto todas as bravuras e dores simbolizadas no pelourinho que recebemos por nosso mérito ficam anuladas? Que é que nós temos a ver com o futuro, com o planalto, com o que ainda não aconteceu?

2º EMISSÁRIO — Mas que pode acontecer... senhora... *(deu-lhe o título de "senhora" depois de involuntária hesitação)* pode acontecer a qualquer instante. Um ataque de Tamoios sem dúvida varrerá do planalto, amanhã, qualquer dia destes, não só São Paulo como Santo André, tudo que...

JOÃO RAMALHO *(interrompendo)* — Índios? Também me vão querer doutrinar sobre índios e as formas de combatê-los?... Antes dos senhores de Val de Cruzes e de Guinhães acamparem no ventre materno, eu já lutava com os índios.

1º EMISSÁRIO *(ignorando o sarcasmo)* — O perigo não vem dos índios próximos, João Ramalho, que tão bem soubestes sujeitar. Vem dos Tamoios que se espalham daqui à barra do Rio de Janeiro e que se começam a transformar numa grande confederação.

2º EMISSÁRIO — E vós sabeis, João Ramalho, quem se coloca por trás dos Tamoios confederados, vós sabeis quem lhes dá escopetas e pólvora? São os franceses!

1º EMISSÁRIO — Uma vitória tamoia não será dos índios contra Santo André ou São Paulo. Será do reino de França, senhor alcaide-mor!

2º EMISSÁRIO — Do reino de França contra o reino de Portugal. Por isto é preciso que concentremos todas as nossas forças vicentinas num só ponto e no melhor dos pontos. E João Ramalho, grande capitão que é, não deixará de concordar que o ponto mais defensável é São Paulo. E está em jogo o Reino de Portugal.

JOÃO RAMALHO *(depois de uma pausa)* — Eu ouvia há pouco os senhores emissários falarem na rainha dona Catarina e só com esforço lembrei que morrera d. João e ocupava o trono a rainha, mãe de d. Sebastião...

OS DOIS EMISSÁRIOS — Oh!

JOÃO RAMALHO — Muito vos espanta, não? Que não saiba um súdito o nome do seu rei ou da sua rainha. O espanto não seria tão grande se houvésseis chegado aqui há meio século. Eu estou aqui há vários reis, senhores, e de nenhum deles recebi nada, nada...

(Diogo novamente se controla para não intervir.)

Os dois emissários — Oh!

João Ramalho — Da minha artilharia às minhas pipas de vinho tudo tenho comprado aos navios portugueses que molham de Cananeia à Bertioga, vindos de Portugal sem nenhum pergaminho de El-Rei para João Ramalho... O Reino de Portugal é muito grande. O sol nele não se põe nunca e por isto nem consigo imaginá-lo. Em Santo André o sol todo o dia se levanta e se deita à vista da gente. É um sol íntimo meu.

1º emissário — Senhor alcaide-mor, nem sei bem aonde quereis chegar. Vosso próprio título de alcaide é português e o pelourinho que tanto prezais é um símbolo também português...

João Ramalho *(bonachão)* — Calma... Calma... Eu estava falando meus pensamentos em voz alta, eis tudo. A verdade é que, entre Portugal e Santo André, fico com Santo André. *(detém com a mão o movimento de pasmo dos emissários)* Mas se me deixarem vila e pelourinho naturalmente continuarei servindo Portugal como até agora. E servindo muito bem. Vinde comigo. A peça que temos perto de casa *(aponta para fora e vai saindo)* acha-se neste instante voltada para São Paulo por motivos evidentes... Mas, ao lado de outras duas, vive sempre apontada para o lado do campo...

(João Ramalho já diz suas últimas palavras saindo pela porta da esquerda, acompanhado do 1º emissário, de Antônio Rodrigues e Rosa Bernarda. O 2º emissário, que começara a acompanhar os demais, para, como se sua espada se estivesse desprendendo do cinto e fica para trás.)

João Ramalho *(voz perdendo-se fora)* — Eu vos mostrarei como é fácil defender Santo André dos índios...

2º emissário *(acercando-se rápido de Diogo e falando a medo, enquanto espreita as entradas)* — Diogo, aqui viemos porque o senhor governador fez questão de se comunicar oficialmente com João Ramalho e porque insistiu em que talvez Ramalho cedesse diante do convite de ser o alcaide-mor de São Paulo. Nossa esperança, porém, era pouca e a mudança de pelourinho é iminente. Santo André deverá ser abandonada, concorde ou não João Ramalho. A ameaça dos Tamoios é cada dia mais séria. Ele aceite ou não, a sorte está jogada.

Diogo Soeiro — Mas precisamos contar com os de Santo André, em São

Paulo, para resistir aos Tamoios confederados.

2º EMISSÁRIO — Estão encerradas as suas observações? Poderemos, reforçando os paulistas, tomar Santo André com um mínimo de perda de vidas?

DIOGO SOEIRO — Não, Guinhães, esta era minha esperança, antes de aceitar a missão, mas João Ramalho é um chefe terrível. Vinte ataques paulistas talvez não bastem e, ao cabo de vinte ataques contra Santo André, talvez não reste em todo o planalto um só branco com vida... *(voz surda)* Valeria até assassiná-lo para livrar Portugal de uma tal ameaça!

2º EMISSÁRIO *(persuasivo, tirando o chapéu e alisando-lhe a pluma)* — E então, d. Diogo? Terá ficado em São Paulo sua adaga? Tenho aqui, aliás, um estilete que me mandou de Veneza um irmão. No cabo, um frasquinho minúsculo, verdadeira joia de cristal, contém um líquido no qual se embebe a ponta do estilete; bastará, depois, um arranhão...

Diogo Soeiro *(interrompendo-o, brusco)* — Guarde seus venenos, Guinhães, e além disto eu não esqueci a adaga. É que Ramalho tem à sua roda um pugilo de insanos. Garcia Roiz, Álvaro Anes, Antônio Cubas, Joanes Alves, Pedro Gago, ah, cinco minutos com esse bando de doidos e tem-se a certeza de que, se houver alguma violência contra o chefe, provocarão primeiro uma carnificina aqui dentro mesmo e depois em São Paulo. A fuga de Tibiriçá e Caiubi ainda os enfureceu mais.

1º EMISSÁRIO *(fora, voz bem distante)* — Ó de Guinhães! Venha com o senhor alcaide-mor.

2º EMISSÁRIO — Já! Estava aqui reparando a presilha da espada. *(a Diogo)* Volte a São Paulo o mais breve possível. Precisamos consultá-lo sobre inúmeros pormenores. E saia de forma a que não se descubra a fuga até... tentarmos *alguma coisa* contra Santo André amanhã. Fuja hoje à noite...

DIOGO SOEIRO *(soturno)* — Creio que posso fugir de maneira a que imaginem que fui embora do planalto de vez, e não que retornei a São Paulo.

2º EMISSÁRIO — Adeus. Boa sorte.

(Diz as últimas palavras ao sair, rápido. Cruza com Rosa Bernarda que vem de fora e se aproxima de Diogo.)

Rosa Bernarda — Que é que deteve o emissário tanto tempo aqui? *(sem esperar resposta, angustiada)* Não sei o que me aflige, mas é um pressentimento, uma agonia... *(olha para Diogo)* É um horror de mim mesma. Agora tudo é mau ou inútil, exceto essa aflição.

Diogo Soeiro — Rosa Bernarda, eu preciso contar a você meu segredo. Nosso amor tão súbito e tão grande não pode tolerar nenhuma reserva. Eu preciso dizer a você...

Rosa Bernarda — Segredo? Que segredo?... Não! Eu não poderia suportar nada.

Diogo Soeiro — Sim, é preciso, minha querida, é indispensável.

Rosa Bernarda *(escondendo o rosto nas mãos)* — Eu sabia, meu Deus.

Diogo Soeiro — Que sabia você?

rosa bernarda — Eu sabia que algo terrível ia acontecer. Não se pode amar assim sem um castigo qualquer.

(Ouvem-se as vozes dos outros que se aproximam.)

Diogo Soeiro — Quando todos se retirarem, volte aqui, Rosa, por favor.

(Diogo sai pela direita. Rosa senta-se à mesa, olhos no chão.)

João Ramalho *(entra falando aos dois emissários, que vêm de cabeça baixa, e a Antônio Rodrigues)* — Portanto, preparados estamos para o que der e vier. Santo André é inexpugnável e os índios se ralam de medo de mim. E isto de Confederação dos Tamoios é balela dos jesuítas, que querem todo o mundo em volta deles, em Piratininga, rezando ladainha. Índios não se confederam. Atacam em grupos e um tiro de canhão assusta-os durante dias e dias. Quem conhece melhor os índios do que João Ramalho?

1º EMISSÁRIO — José de Anchieta parece conhecê-los pelo menos tão bem, senhor alcaide-mor, e ele sabe que se estão confederando os Tamoios. Aliás, ele quer vir aqui falar-vos para ver...

JOÃO RAMALHO *(que estacara ao nome de Anchieta, e que se transtorna)* — Se vier, será morto!

1º EMISSÁRIO — Senhor alcaide-mor! Até os índios respeitam um refém! Anchieta apenas disse que, se malográssemos, ele em pessoa, e sozinho, viria falar-vos.

JOÃO RAMALHO *(com uma cólera contida)* — Eu lhe meterei uma bala de arcabuz no peito e lhe enforcarei o cadáver num galho de árvore.

1º EMISSÁRIO — Senhor alcaide: o inferno seria pouco para quem tal fizesse a um santo.

JOÃO RAMALHO — O ideal de um santo não é o martírio? Não é a tortura que manda os bem-aventurados ao céu? Pois o céu ficará em dívida comigo se eu lhe mandar um santo bem martirizado.

(Os emissários vão saindo, dignos, acompanhados de Antônio Rodrigues que coça a cabeça, desajeitado.)

João Ramalho *(gritando para o grupo que já transpôs a soleira da porta à esquerda)* — Estamos em guerra e o parlamentar ou refém que vier será enforcado. Guardai-vos de mandar esse aspirante ao martírio. João Ramalho lhe realizará as ambições. *(mais alto)* Deus o receberá na ponta de uma corda!

CORTINA

CENA II

(O teatro permanece às escuras um momento. O pano se levanta sobre a mesma cena, aos últimos raios de sol. Vai escurecendo o tempo todo, gradativamente. Rosa Bernarda está só, no mesmo lugar, como se dali não houvesse saído. Levanta-se para se atirar nos braços de Diogo Soeiro, que vem entrando pela porta da esquerda.)

Rosa Bernarda — Ah, Diogo, não diga nada, por favor. As pessoas deviam ficar bem quietas, bem sossegadas, quando sentem uma felicidade grande demais. No que a gente diz, há sempre uma coisa que mata o que a gente sente. Não é assim? *(Diogo quer falar, mas Rosa lhe tapa a boca com a mão)* Se não fosse assim nós é que morreríamos em vez de morrer a felicidade que sentimos. Você sente a felicidade como eu sinto, não é mesmo, Diogo? Uma coisa tão forte que é feito um anel de ferro a nos apertar a cabeça. Quando eu estou assim perto de você, o anel fica de fogo... Nós somos muito fracos para a paixão, meu querido. Só podemos dar-lhe abrigo enquanto ficamos em sossego, bem em silêncio, deixando que a paixão viva da gente, que vá nos consumindo. Se tivéssemos bastante coragem não diríamos nada, nada, e ela nos consumiria, acabaria inteiramente com o que somos...

DIOGO SOEIRO — Somos lenha e ficaríamos fogo, brasa...

ROSA BERNARDA — Fogo e brasa...

DIOGO SOEIRO — E depois, cinza, poeira.

ROSA BERNARDA *(desabraçando Diogo)* — Pois então fale, diga o que tem a me dizer.

Diogo Soeiro — Eu não estava querendo interromper o que dizia você.

Rosa Bernarda — Não, mas tratou de me lembrar, com muito juízo, que depois do fogo vem a cinza... Fale, meu querido.

Diogo Soeiro — É difícil, Rosa Bernarda.

Rosa Bernarda *(sorrindo com tristeza)* — É difícil falar numa outra paixão às pessoas que têm apenas uma, não é verdade?

Diogo Soeiro — Minha única paixão é este amor que sinto por você...

Rosa Bernarda — Mas...

Diogo Soeiro — Mas há o meu dever.

Rosa Bernarda — Pelo seu tom de voz é como se ele fosse uma paixão também.

Diogo Soeiro *(sem reparar como suas palavras ferem Rosa Bernarda)* — O dever está acima de qualquer paixão, minha querida. *(levanta-se e anda enquanto fala)* Não é uma coisa suave como o amor, que

nos deleita e ergue acima da vida
e do que a vida tem de difícil.

Rosa Bernarda — Suave...

Diogo Soeiro — Como?

Rosa Bernarda — Não, nada. Continue.

Diogo Soeiro — Eu dizia que o dever não tem a doçura de um amor, que nos brota do coração fresco como uma mina d'água. O dever é... é a realidade, a vida. Não se discute, não se sente, não se goza e não se censura o dever. Ele é o que é. Precisa ser feito, senão...

Rosa Bernarda — Senão?

Diogo Soeiro — Senão é a desordem, o caos. *(febril, agora, como Rosa Bernarda quando fala no amor)* Veja por exemplo o dever de um soldado e um fidalgo para com o nosso Reino de Portugal. Que é a nossa terra? Umas vinhas, uns olivais, umas florestas que descem até às praias de rocha e coral. Mas as vinhas nos ateiam fogo ao sangue e as florestas mudam-se nos navios que zarpam das praias de rocha e coral...

Rosa Bernarda *(fascinada e como falando a si própria)* — Aí está o seu amor!... Eu poderei ser no máximo o seu dever.

Diogo Soeiro *(sem ouvi-la)* — Somos apenas um punhado de gente entre o vinhedo e o mar, mas sobre os nossos lenhos estamos chegando aos confins da terra. Aqui, como na China, na negra Etiópia, em Malaca e no Japão nossa língua é a falada. Quando um corado missionário irlandês quer pregar aos do Oriente, aponta o céu e lhes diz como dizemos nós: "Deus." Quando os náufragos acordam na areia, ao sol, e veem, debruçados sobre seu rosto, uns olhos falsos e amendoados, nada pedem em suas línguas bárbaras. Imploram, como nós:

"Piedade." Depois apontam os frutos dos altos coqueiros e pedem, roucos de sede: "Água." *(toma as mãos de Rosa)* Portugal é um palácio roqueiro e o mundo em torno será seu parque, se soubermos furtar-nos ao tolo heroísmo de temeridades sem esperança, se soubermos lutar pensando, derrotar calculando. Somos poucos, pouquíssimos, e se cada um de nós se imaginar um pequenino rei, e não um súdito do império, Portugal se irá fechando em suas vinhas, em seus olivais, e finalmente terá de recolher às suas praias de rocha e coral a rede sutil de sua língua, que já envolve os naires orgulhosos da Índia e os índios destes brasis...

Rosa Bernarda — E é isto o que mais importa na vida? A isto devemos sacrificar tudo? Nada, nem o amor é mais sagrado do que esse dever de conquistar o mundo?

DIOGO SOEIRO — Mas você não vê, Rosa, que tudo mais deriva daí? Donos do mundo, nós teremos terras infinitas para populações ilimitadas, naus incontáveis em mares que só serão mansos para nós... Você não vê que num quadro desses, imperial, se amarão melhor os que estiverem fadados a se amar? A vitória da pátria fragmenta-se na vitória de cada um de seus filhos. Se formos felizes nos campos de batalha seremos felizes em nossos lares. Que são os rebentos de uma pátria triste e vil senão homens vis e tristes, roídos de inveja? E, ao contrário, que são os filhos de uma pátria vitoriosa, coroada de louros, apoiada em lanças e esquadras?... São os herdeiros do mundo, Rosa, e de tudo que no mundo existe.

Rosa Bernarda — Mas de meu pai e de mestre Antônio eu tenho escutado intermináveis histórias de guerra nos quatro cantos do mundo, guerras que se emendam umas nas outras... Quando acabarão, e por que imaginar que as ganharemos? *(sacode a cabeça)* Não sei. Antes tudo era claro para mim e o que você me diz seria evidente *(dá de ombros)* não que assim prosperasse Portugal, mas porque o normal para que as coisas vivam é a guerra. Agora, odeio tudo que possa causar a separação. Agora, ao pensar que a guerra separa os amantes, sacrifica um deles...

Diogo Soeiro *(terno mas superior)* — Assim pensam as mulheres, Rosa Bernarda, o doce coração que têm as inclina para os pensamentos de paz e sossego.

Rosa Bernarda *(com certo desprezo)* — Ah, quem me dera que fosse apenas isto: um sonho de paz e sossego... Que me importam os sofrimentos e as agonias? Que me importam os padecimentos? Mas eu não poderia sacrificar meu amor, ou o amor de ninguém, a não sei que planos, para não sei que gente, que deverá nascer em não sei que mundo à custa do meu sacrifício! À custa do meu amor. *(arrependida do tom)* Do meu amor por você, Diogo.

Diogo Soeiro — Em nome desse amor, querida, peço que me escute. Tudo o que eu há pouco dizia sobre o Reino de Portugal e sua luta no mundo inteiro, tudo isto está em jogo aqui no planalto.

Rosa Bernarda — Eu não imaginava que a questão já interessasse a você, chegado há tão pouco...

Diogo Soeiro *(ainda evasivo)* — Interessam-me todas as questões do serviço de El-Rei.

Rosa Bernarda — Mas de súbito você me deu a ideia de estar afeito à nossa situação, de haver meditado...

Diogo Soeiro *(segurando-a pelos braços e olhando-a bem nos olhos)* — E assim é, Rosa Bernarda. Eu vim a Santo André a mando do governador, vim para ver como será possível salvar esta colônia que já palpita no planalto.

Rosa Bernarda — Mas, então, o seu naufrágio...

Diogo Soeiro — Meu naufrágio foi verdadeiro. Apenas... ocorreu há mais tempo e na costa da Bahia. Passei a servir o governador-geral antes de reembarcar para o Oriente.

Rosa Bernarda — Então... então era tudo mentira?

Diogo Soeiro — Não, Rosa, meu amor não era e não é mentira.

Rosa Bernarda *(encolerizada)* — Um amor de passagem, com uma mestiça que se entregou ao náufrago debaixo do primeiro cajueiro, como qualquer cunhã brava...

Diogo Soeiro — Não!

Rosa Bernarda — ...e que depois da aventura voltará aos seus amores "malditos"...

Diogo Soeiro — Não!

Rosa Bernarda — ...enquanto o fidalgo, de volta do Oriente, irá fazer em alguma condessinha toda de fitas e gemas soldadinhos para o reino de Portugal.

(Depois das palavras de raiva, Rosa Bernarda soluça, o rosto enterrado nas mãos. Diogo afaga-lhe a cabeça.)

Diogo Soeiro — Rosa...

Rosa Bernarda *(levantando o rosto úmido de lágrimas)* — Diga.

DIOGO SOEIRO — Se não fosse o meu compromisso de honra com o governador, juro, Rosa, que ficaria em Santo André, com a morte na alma, e lutaria contra São Paulo. Isto para lhe provar que o meu amor nada tem a ver com minha missão.

ROSA BERNARDA — Ah, você consegue viver vidas separadas, cuidando numa do dever e na outra do amor. Pela manhã, serve-se ao governador, à tarde possui-se Rosa Bernarda. Cuidado, Diogo, agora você está misturando um pouco as suas vidas. Por que veio me contar que é um espião e não um náufrago? Agora você devia estar traindo, não devia estar amando. As criaturas agrestes como eu é que não sabem viver mais de uma vida. Por que veio me dar satisfações, agora? Quem o obrigou?

DIOGO SOEIRO — Meu amor por você.

Rosa Bernarda — E por que devo crer que não me mente, quando está mentindo a todos nós desde que chegou a Santo André?

Diogo Soeiro — Menti para servir ao governador e ao Reino de Portugal.

Rosa Bernarda — Mas agora, contando-me tudo, não está servindo tão bem ao governador e ao reino, está?

Diogo Soeiro *(com simplicidade)* — Não, não estou, Rosa.

Rosa Bernarda — Além de não amar com toda a alma, porque mente, atira seu dever às urtigas, porque ama um pouco. Se eu o desmascarar, se disser que é um espião por conta de São Paulo, matam-no imediatamente.

Diogo Soeiro *(sorrindo)* — Se fizer isto, você estará servindo melhor ao seu dever de andreense do que ao seu amor de Rosa Bernarda...

Rosa Bernarda — Você está errado, Diogo. Se o denunciar será porque o amo muito, e porque amo principalmente o amor que você me trouxe. Se você morrer eu morrerei também e ao menos terei tido o contentamento de anunciar nosso amor diante de todos. *(gritando para fora)* João Ramalho! Mestre Antônio! Joanes Alves! Antônio Cubas! Venham todos decidir entre Rosa Bernarda e Diogo Soeiro! Ó andreenses! Venham!

(Diogo faz um gesto para detê-la, mas já entram pela porta da direita João Ramalho e Antônio Rodrigues, e assomam vultos pela porta da esquerda.)

Rosa Bernarda *(à medida que se vai correndo o pano)* — Venham decidir uma questão importante!

CORTINA

FIM DO 2º ATO

ATO TERCEIRO

CENA I

(No Colégio dos Jesuítas, São Paulo, tarde do dia seguinte. Diogo Soeiro, padre Paiva e os dois emissários estão numa sala de paredes caiadas de branco, móveis negros, um grande crucifixo na parede. Portas pesadas ao fundo, à direita e à esquerda. Por uma janela aberta vê-se, a distância, um campanário contra o céu azul.)

1º EMISSÁRIO *(a Diogo Soeiro)* — Em suma, só nos aconselha o ataque...
DIOGO SOEIRO — Por não ter outra coisa que aconselhar, exatamente isto.
PADRE PAIVA — Em todo o caso, senhores, ainda não sabemos quais são os planos de Deus. Seu embaixador continua firmemente

disposto a tentar sua missão junto a João Ramalho.

2º EMISSÁRIO — Anchieta?

PADRE PAIVA — Sim, Anchieta.

2º EMISSÁRIO — Acho a pior das imprudências, acho, mesmo, uma inútil loucura. João Ramalho não pouparia a vida desse abnegado.

DIOGO SOEIRO — É também a minha opinião. Anchieta ainda não tomou nenhuma resolução, não é verdade, padre Paiva?

(Padre Paiva guarda silêncio.)

DIOGO SOEIRO *(agitado)* — Se ele já resolveu alguma coisa, tratemos de não lhe dar tempo de executá-la, de ir a Santo André. Tratemos de atacar amanhã bem cedo. Porque é estranho o caso de Anchieta no espírito de João Ramalho.

Sem dúvida, Ramalho detesta tudo quanto se liga a São Paulo. Mas o caso de Anchieta é, com ele, irracional. O mero nome do padre José enche-o de fúria.

PADRE PAIVA *(preocupado, andando pela cena)* — É realmente inexplicável. Só ultimamente padre José tem sido duro para com ele e Ramalho o odeia desde o princípio, desde que primeiro se avistaram. Há muito o padre Nóbrega, o padre Leonardo e eu próprio temos castigado a vida pecaminosa de João Ramalho em nossas práticas. Do púlpito o padre José só atacou Ramalho uma vez, há pouco tempo. Fez, naturalmente, o auto do morubixaba, em que aparece o próprio Ramalho. *(pausa. Para, olhando os interlocutores)* Deus, porém, sempre parece auxiliar o padre José. Eu mesmo levei uns atores a Santo André, na esperança de que Ramalho viesse ao adro da igreja para assistir à representação de um auto qualquer. Aproveitaríamos a oportunidade para fazermos representar, então, o auto que lhe dizia respeito. Foram de tal forma protegidos os desígnios do padre Anchieta que nos convidaram a representar na própria casa de Ramalho. O instrumento de que se serviu Deus foi essa rapariga...

1º e 2º EMISSÁRIOS — Rosa Bernarda.

PADRE PAIVA — Mas há muito sabemos, muito antes do auto, do ódio abominável que vota ao nosso Anchieta, João Ramalho.

DIOGO SOEIRO — Mas não terá sido o auto a causa do recrudescimento desse ódio? Custo a crer que ele fosse sempre tão intenso. Vocês não diriam o mesmo?

1º EMISSÁRIO *(displicente)* — Sim, sem dúvida, pareceu-me muito intenso o seu ódio.

2º EMISSÁRIO *(mesmo tom)* — Um ódio assassino. *(dando de ombros)* Mas como diríamos que não foi sempre igualmente intenso? Se nos diz o padre Paiva e se todos em São Paulo confirmam que desde que o viu João Ramalho abominou Anchieta...

DIOGO SOEIRO — Sim, sim, mas talvez o auto, representado em sua própria casa, tenha sido a gota d'água que fez transbordar aquele cálice de fel. A flama de ódio tornou-se por demais abrasadora devido ao ataque direto e inesperado do auto. Se gente de São Paulo lá fosse... não sei!... explicar-lhe que será aqui o ancião venerado, o alcaide-mor, o chefe das tropas...

1º EMISSÁRIO — Mas meu caro senhor Diogo, que fomos nós fazer em Santo André, eu e o de Guinhães?

DIOGO SOEIRO *(impaciente)* — Bem sei que foram, mas nada perdemos com tentar tudo, e tentar várias vezes. Talvez se lhe disséssemos que o auto de Anchieta não será mais representado, se mandássemos lá novos emissários, não mais do governador e sim de São Paulo... Acho que outro erro foi pormos em questão a suprema autoridade do governador. Afinal de contas, quando lá chegaram Guinhães e Val de Cruzes já João Ramalho sabia que Santo André fora condenada. Talvez uma nova embaixada que lhe enviássemos...

PADRE PAIVA — Meu jovem amigo, eu compreendo seu desejo de paz, mas quando João Ramalho declara uma guerra é porque realmente vai haver guerra. Só recebeu os dois emissários aqui presentes exatamente porque iam em nome do governador. Se tivessem ido em nome de São Paulo estariam provavelmente mortos a esta hora, enforcados...

(1º emissário passa nervoso a mão pela gola da camisa.)

Diogo Soeiro — O fato, padre Paiva, é que eu não sei se Sua Majestade a rainha regente e se nosso futuro rei d. Sebastião terão aqui neste planalto súditos e um centro de colonização portuguesa se entrarem em choque as forças paulistas e andreenses, em lugar de entrarem em fusão pacífica.

1º emissário *(frio)* — Julguei, Diogo Soeiro, que tudo isto já estivesse dito e repetido e que infelizmente não víamos outra solução para o caso além do emprego da força. Extinguiremos esse antro pestilencial de Santo André e traremos para as alturas de São Paulo sua preciosa artilharia e todos os sobreviventes andreenses, que para cá virão com o maior prazer. Todos os domingos vêm ter aqui aos magotes. Ou você ignorava isto? Ou a causa dos andreenses já não lhe parece tão antipática quanto antes?...

2º EMISSÁRIO — Ora, Val de Cruzes, como pode o nosso caro Diogo ignorar a facilidade com que os andreenses se mudam para São Paulo?... Ele sabe que vêm mesmo as pessoas... hum... de distinção e realce social!

1º EMISSÁRIO — Mas vira-nos a cabeça isto de sermos a um só tempo genro e rival do grande Ramalho!

(Procura sufocar o riso. Diogo marcha rápido para ele e o esbofeteia. O 1º emissário, lívido, começa a desembainhar a espada.)

PADRE PAIVA *(colocando-se entre os contendores, voz sonora e colérica)* — Senhor visconde de Val de Cruzes, a bofetada que acabais de levar vós a guardareis para o resto da vida. Não há duelos em São Paulo de Piratininga.

1º EMISSÁRIO — Perdão! Minha honra não tolerará...

PADRE PAIVA — Vossa honra não devia tolerar que vossos sarcasmos de peralvilho de cabeça oca fossem respingar de lama os sentimentos de um fidalgo de verdade, um soldado, um bravo e um homem de coração.

2º EMISSÁRIO — Mas sem dúvida, se não há duelos em São Paulo, d. Diogo se desculpará.

Padre Paiva — Se d. Diogo se desculpasse eu mandaria prender d. Diogo por néscio, o que ele não é. Senhores de Val de Cruzes e Guinhães, o governador já partiu e eu tenho uma escolta pronta para levar-vos também à costa.

2º Emissário — Isto é um insulto, reverendo!

1º Emissário — Juro que antes me desagravarei.

(Leva novamente a mão à espada.)

Padre Paiva — Se tirardes uma polegada de aço dessa bainha vós vos desagravareis em nossas masmorras, a pão e água. Preparai-vos para baixar a serra com boas maneiras, pois do contrário talvez a rolareis perseguidos pelos espíritos malignos destas matas e por todos os demônios registrados pelos santos autores.

E ide dando graças a Deus por não haver eu permitido que Diogo Soeiro despachasse os dois para as profundas do inferno! Vamos!

(Enquanto pronuncia suas últimas palavras, padre Paiva vai empurrando os emissários pela porta afora.)

PADRE PAIVA *(voltando ao meio da sala ainda rubro de raiva, sacudindo as mangas do hábito e passando a mão na fronte suada)* — A cólera é um dos pecados capitais em Portugal. No Brasil, nem sempre. É demasiado necessária depois de se passar a linha do Equador. *(benze-se) Memento mei, Dómine, dum véneris in regnum tuum.* Lembra-te de mim quando entrares em Teu Reino. Deus era mais colérico no Antigo Testamento, quando o mundo ainda começava, e nós aqui estamos assistindo de novo ao nascimento do mundo. *Dómine, ne in furóre tuo árguas me, neque in ira tua corrípias me*. Não me arguas no teu furor, nem me castigues na tua ira. O Deus irado da Antiga Aliança há de compreender a raiva de um pobre pecador neste Novo Mundo que houve por bem criar. *Ora pro nobis*.

DIOGO SOEIRO *(sorrindo)* — Está mais calmo, padre Paiva?

PADRE PAIVA — Sim, meu filho, obrigado. *(pausa)* Mas tudo indica que a única esperança é, sem raciocinarmos muito, deixarmos que vá o padre Anchieta ao encontro de João Ramalho. *(ri)* Aliás, quem aconselha ou detém o padre José quando se dispõe a fazer alguma coisa? Ele há de saber que João Ramalho

provavelmente tentará matá-lo e
que Ramalho não é um inimigo
qualquer. Deus, porém, já o tem
auxiliado em perigos terríveis.

DIOGO SOEIRO — Eu continuo a achar, padre, que aquele auto...

PADRE PAIVA — Não, o ódio inexplicável de Ramalho vem de muito mais longe e muito mais fundo. *(sorri, ainda enxugando o suor)* Eu sei de um meio que convencerá você, meu filho, do que digo. *(aproxima-se, enquanto fala, da porta da esquerda)* Sua noiva está aqui, preparando-se para o retiro e para a instrução religiosa que receberá. *(para dentro)* Venha, minha filha.

(Entra Rosa Bernarda.)

DIOGO SOEIRO *(que se encaminha para ela e lhe segura as mãos)* — Rosa...

Rosa Bernarda *(sorri para Diogo e cumprimenta o sacerdote)* — Padre Paiva.

Padre Paiva — Eu sei como você ainda deve estar fatigada da fuga da noite de ontem. Mas não podemos deixar de discutir, sempre e sempre, até que Deus se apiede de nós, esse tenebroso assunto da luta entre nossos dois povoados. Diga-me, minha filha, como acha que seu pai realmente receberá o padre Anchieta?

Rosa Bernarda *(que, sempre que interrogada, responde automaticamente)* — Meu pai sempre diz que manterá entre ele mesmo e o padre Anchieta a distância de um tiro de arcabuz. Esse tiro, estou convencida de que meu pai o disparará.

Padre Paiva — Foi a partir daquele dia em que levei os atores índios à casa de João Ramalho que ele se aferrou à ideia de exterminar Anchieta? Foi aquilo que acirrou sua antipatia?

Rosa Bernarda — Não, desde que se espalhou a fama de santidade do padre José meu pai o escolheu como alvo de sua abominação.

Diogo Soeiro — Mas por quê? Então ele abominará menos os menos santos? E por que esse horror fanático às coisas de São Paulo?

Rosa Bernarda *(sem fitar nenhum dos dois, antes fitando o crucifixo e falando agora com voz apaixonada)* — Por que esse ódio a Anchieta, não sei. A mim mesma me confundiu mais de uma vez ver meu pai dando tanto valor a um só inimigo. Quanto a São Paulo, o povoado de Santo André já existia quando foi fundado este Colégio aqui, e Santo André vivia principalmente de escravizar índios para vendê-los aos engenhos da costa e aos navios. Os pa... os senhores padres logo que chegaram começaram a interferir com o nosso comércio e por isto não podiam ser considerados amigos. É difícil viver nestas brenhas. Vive-se como é possível.

Diogo Soeiro — Rosa Bernarda, ainda hei de fazer com que você compreenda...

Padre Paiva *(interrompendo-o)* — E terá uma vida inteira para fazê-lo, mas não há de ser hoje. Fugindo de Santo André nas circunstâncias em que o fez, esta jovem deu provas de conhecer a máxima compreensão, a compreensão dos serafins, que adejam, sem ciência, em torno do próprio coração do Senhor, pois a força que lhes entronca, nas omoplatas, incansáveis asas, é a do amor. Você terá uma vida inteira para fazê-la compreender. No momento, fará melhor aprendendo, com Rosa Bernarda, a agir sem razão.

Rosa Bernarda — Mas eu preciso, padre, que Deus me dê compreensão. As últimas horas de minha vida me deixaram assim como perdida numa floresta, num mato bravo. Ontem, antes de fugirmos à noite, eu quis entregar meu... meu noivo. Gritei, acorreram todos, e este que eu amo, sem um instante de medo e também sem hesitação, mentiu serenamente. Disse a meu pai que eu estava exaltada por não concordar com os planos que ele me expusera, de ataque a São Paulo. Reconstituiu, sem pestanejar um segundo, uma conversa que teríamos tido sobre a vantagem de atacar São Paulo ou aguardar, em Santo André, o ataque. Encontrou argumentos tão absorventes que um segundo depois ninguém mais podia duvidar de que de fato eu tinha me exaltado diante da certeza de suas opiniões superiores. Mentiu, padre, como jamais tinha me ocorrido que alguém pudesse mentir, e isto em nome do "dever", sem pensar em mim, sem pensar nele mesmo, sem pensar em sua própria vida... Tenho medo dessa paixão fria, que não queima e ao mesmo tempo reduz tudo a cinzas...

(Esconde o rosto nas mãos. Padre Paiva põe a mão nos seus cabelos e olha para Diogo, interrogativo.)

Diogo Soeiro — De fato foi assim, padre. Consegui convencer Ramalho e os demais de que discutíamos o melhor meio de derrotar São Paulo. Afastado o perigo imediato fui buscá-la, ao cair a noite, e viemos para cá.

Padre Paiva *(dirigindo-se a Rosa, que levanta a cabeça)* — Essa paixão fria que atemoriza você, minha filha, é a dos querubins, que também privam com Deus, mas cientemente. São os soldados da Jerusalém terrena. São os homens da ordem, os obreiros da cidade de Deus na terra. Os fins nunca devem justificar os meios, mas na ordem do mundo temporal, às vezes as armas torpes têm de ser desembainhadas para que ao menos o seu aço seja um raio de luz nas trevas. Há instantes trágicos em que, para servirmos a Deus, precisamos servi-lo a despeito d'Ele próprio. *(pausa. Em voz mais baixa, como não querendo ser ouvido)* Servi-lo para depois expiar o serviço prestado. *(pausa)* Nestas horas em que uma nuvem escura nos oculta a face de Deus, em que ficamos terrivelmente sós diante de nossa consciência, só há uma medida, uma pobre medida humana para sabermos se o nosso ato não vem do demônio, se poderá ao menos ser resgatado pela penitência e pelo remorso: é preciso que ele não nos beneficie, nem sutilmente, que não nos envaideça, que não confundamos a obra de Deus com o objeto dos nossos desejos, realizando, em Seu nome, algo que realmente só nos interessa a nós próprios. Aqui no Brasil, como você bem disse, minha filha, vive-se como é possível. Mas escravizando índios ou lançando-os em guerra, uns contra os outros, os andreenses servem aos seus interesses apenas. Mentindo como mentiu, Diogo nada estava fazendo para si mesmo. Trabalhava para o seu rei, para o seu Deus, para que vingue aqui neste planalto uma pátria mais branda e mais pura, para que um dia, quem sabe?, erga aqui suas torres e vibre aqui com seu comércio e suas artes uma grande cidade como as que deixamos do outro lado do mar, porém mais clara, mais simples e mais grave, guardando um pouco da coragem bravia do seu pai, João Ramalho, e um pouco da doçura de nosso pai, José de Anchieta.

Rosa Bernarda *(depois de uma pausa)* — Talvez eu ainda compreenda, um dia. Mas que devo fazer estes dias, padre, enquanto se resolve a sorte desta guerra terrível? Eu poderia talvez caçar. Sou boa arqueira e atiro bem com qualquer arma.

Padre Paiva *(sorrindo)* — Há uma outra arma que você precisa aprender a manejar, minha filha: a da oração. Pense e reze. Lembre-se de que dentro de pouco tempo partirá daqui, com seu esposo, para viver em terras muito diferentes.

Rosa Bernarda — Ah, mas antes fazer alguma coisa, padre, enquanto essa tempestade não estala. Eu não devia, talvez, ter vindo. Meu pai que estará pensando a estas horas? Eu vim só para me beneficiar a mim mesma, como o senhor dizia, padre. Vim apenas para servir ao meu amor.

Padre Paiva — Quem serve ao amor não serve nunca a si mesmo, apenas. Habitue-se a não crer apenas na ação. É uma forma de orgulho. Os que só acreditam na ação só acreditam na própria força. Há momentos em que a melhor forma de ação é a renúncia a toda ação: Deus é quem age então através de nós. Vá, minha filha, volte ao seu retiro. E você também, Diogo, vá repousar. Não temos nada a fazer. Hoje à noite nosso padre Anchieta parte para Santo André e suas ordens são para que nada se faça antes de cumprida a sua missão.

Diogo Soeiro *(no auge da surpresa)* — Hoje à noite?! Mas... Mas é uma loucura, padre Paiva! Julguei que a questão ainda fosse ser discutida e que, de qualquer forma, o padre Anchieta fosse com uma escolta. Não! Jamais permitirei que vá sozinho.

PADRE PAIVA *(autoritário)* — O padre José não vai só. Vai com seu companheiro habitual: com Deus.

CORTINA

CENA II

(Horas depois, plena noite, na praça central de Santo André da Borda do Campo. Vê-se, sob o luar intenso, o quadrilátero cívico da vila. Ao fundo a igreja, à direita a cadeia, à esquerda o edifício da Câmara e no centro, dominando tudo, o pelourinho, símbolo de justiça e autoridade. É um pelourinho de pedra, sobre pedestal de degraus. Esculpido na sua haste, o escudo de quinas de Portugal. E rematado no topo pela bola do pelouro, que se prolonga em esguia cruz de ferro. — A grande enciclopédia brasileira e portuguesa *tem copiosa ilustração no verbete Pelourinho.*— *A cada lado da coluna de pedra pende uma cadeia de ferro com argola. A qualquer luz mais forte vê-se como é tudo tosco, como a arquitetura das casas é incerta e, principalmente, como é barbaramente lavrado o pelourinho. Ao luar, porém, a dignidade da pequena praça é enorme, e o pelourinho em sua alvura domina a cena com um prestígio de deus selvagem. Logo que*

se levanta o pano deve ser esta a impressão do espectador, agravada ainda pelo fato de que a cada lado do pelourinho está preso, argola ao pescoço, um homem.

Depois de alguns segundos, entram Antônio Rodrigues e o carcereiro de Santo André. A lamparina que traz Antônio aclara a cena.)

ANTÔNIO RODRIGUES — Pois é como lhe estou dizendo, carcereiro de uma figa, as ordens de João Ramalho são para que soltemos mesmo esses patuscos do pelourinho. Como todos os que saíram das masmorras de que você toma conta, estes também receberão suas escopetas para lutar por Santo André. Mas ficam sob custódia. Você é o responsável por esta fina flor das milícias daquém e dalém-mar...

CARCEREIRO — Ah, mestre Antônio, nunca se ouviu uma ordem assim neste mundo. Pois então mete-se um bacamarte na mão desses

        homens que ainda ontem eu
        açoitava até ficar com fome para
        jantar, e me deixam responsável
        pela malta? Cruzes! T'arrenego!
        Mestre Antônio, por que é que
        o senhor não fala com o chefe e
        não se encarrega dessa matilha
        o senhor mesmo? Ninguém to-
        caria num cabelo de sua cabeça,
        enquanto que eu…

Antônio Rodrigues — Não, carcereiro, são seus
        filhos esses pelintras. De mais
        a mais, você distribuirá a mu-
        nição do seu bando de pom-
        binhos de gaiola e terá uma
        ordenança para lhes alisar as
        penas se quiserem arrulhar um
        pouco mais alto.

Carcereiro — Se um deles, num instante
        de distração, virar um cano de
        pistola para o meu lado, descar-
        rego-lhe um canhão na cabeça.
        Um dia lá no meu Alentejo os
        presos fugiram, foram à casa do

> capitão da prisão e furaram-lhe o corpo à espada tantas vezes que quando o enforcaram o vento assobiava pelos buracos que até fazia música. O homem passou à história como Capitão Flauta.

ANTÔNIO RODRIGUES — Pois aí está uma bonita morte. Se você depois de defunto virar música não terá vivido em vão. A única coisa que importa nesta vida é a arte.

CARCEREIRO — Credo! O senhor está falando de farto, mestre Antônio. *(Pausa)* Mestre Antônio...

ANTÔNIO RODRIGUES — Sim?

CARCEREIRO — Já se sabe onde está dona Rosa Bernarda?

ANTÔNIO RODRIGUES — Não, seu orelhudo, e para que quer saber? Perguntas assim podem metê-lo ainda no seu próprio cárcere, sob a guarda do preso que mais houver sofrido às suas mãos.

CARCEREIRO — Ora, mestre Antônio, eu só queria saber, que diabo! Nós todos às vezes tínhamos um medo danado de dona Rosinha, mas não havia um que não se deixasse matar por ela. Bonita daquele jeito e com aquela vontade de rainha, ela faz mesmo falta numa hora assim, de guerra. Das outras guerras, quando ela aparecia junto da gente rindo e dizendo blasfêmia com aquela boquinha de santa — ih, eu por mim via tudo vermelho pela frente. Meu medo passava quando dona Rosinha aparecia para lutar também.

ANTÔNIO RODRIGUES *(suspirando)* — Agora, ela está longe daqui, provavelmente lá na costa... Talvez mesmo a bordo de alguma nau. Sei lá! Vai talvez a caminho de Portugal.

CARCEREIRO — Se vai lá para a terra, aqueles nobres desocupados vão botar a capa no chão para dona Rosinha pisar. Mas se algum se engraçar muito, ela se lembra dos bons tempos de Santo André e mete-lhe um palmo de aço pelo peito adentro. *(cismarento)* Então dona Rosa Bernarda foi mesmo com aquele fidalgo bonito... Dizem que ele ficou mortinho de amor logo que pregou os olhos nela e dizem que ela também nem enxergava mais o que ia por este mundo depois de ver o moço. Escute aqui, mestre Antônio, esta me anda queimando a língua: o fidalgo sabia que dona Rosa e o pai...

Antônio Rodrigues — Olhe aqui, eu enfio esse seu pescoço bom para a forca numa dessas argolas que vão ficar às moscas e em seguida corto-lhe a língua pela raiz se continuar nesse mexerico. Eu ando bem precisado de um vermelho escuro para pintar as barbas do Batista degolado, e sangue de língua de rufião dá um encarnado esplêndido.

Carcereiro — Também, não se pode mais nem fazer uma perguntinha, mestre Antônio! Amanhã talvez não haja nenhum de nós vivo, não é assim? Que importa então que a gente pergunte uma coisa ou outra? Dizem que Tibiriçá levou 3.000 arcos para São Paulo. Se pusermos uns 2.000 para aquele danado de Caiubi, temos flecha aí para vestir Santo André de penas. E além disso, o senhor alcaide-mor não está o mesmo homem desde que fugiu dona Rosinha para Portugal.

Antônio Rodrigues — Vai começar de novo com as mexeriquices, seu alarve?

Carcereiro — Não, eu sou até homem de nem pensar na vida dos outros.

Só queria dizer que ele sempre atacava quando resolvia fazer guerra. O senhor alcaide-mor nunca esperou que o viessem buscar na toca, como um tatu. Agora, não só parece estar esperando como... sei lá!... ele anda dando umas ordens estranhas.

Antônio Rodrigues — Que ordens, carcereiro? Vamos, desembuche.

Carcereiro — Eu ouvi o capitão da guarda lá no pátio instruindo as sentinelas dos portões de Santo André e todas as que vão ficar no caminho para São Paulo. Sabe qual era a única ordem? "Fiquem de atalaia para deterem e trazerem preso o padre José de Anchieta". Ora, mestre Antônio, eu não sei se o senhor alcaide-mor acha que pegando um refém de primeira categoria como esse padre (dizem até que o homem é santo) vai conseguir a paz sem dar nenhum tiro. Mas o senhor alcaide gostava antigamente é de dar os tiros, aí é que está! Que lhe importava a tal de paz? Não, o nosso alcaide-mor não é mais o mesmo. Também dizem que ele tem quase cem anos de idade e até hoje ainda não tinha pago nenhum tributo à natureza; andava nove léguas a pé antes de jantar, deitava as índias em qualquer barranca de córrego para semear mais uns ramalhinhos por aí, cruzava qualquer rio a nado como se tivesse guelra de peixe na garganta. Mas de repente, mestre Antônio, num dia só, o homem envelheceu tanto... Má sorte para nós, que precisávamos agora do antigo alcaide-mor, e não de um caçador de padres.

ANTÔNIO RODRIGUES — Chega de falação e de desânimo. Em dia de combate todos temos de ser bravos *(mais baixo)* ainda que tremamos dos pés à cabeça. E vamos cumprir as ordens de João Ramalho libertando mais esses dois guerreiros. Quem são eles?

CARCEREIRO — O Vasco Sevilhano e o Lopo Álvares. Sevilhano é aquele vilanaço que por três vezes se meteu no mato com os bugres para não pagar o imposto de conserto do muro da cidade.

ANTÔNIO RODRIGUES — Isto de não pagar o imposto do muro é grave. *(coçando a cabeça, em dúvida)* Talvez seja melhor consultar João Ramalho, apesar da ordem de soltura que me deu. O Lopo Álvares é aquele...

CARCEREIRO — É ele mesmo. Deu vinte punhaladas na mulher e quatro no vizinho que acorreu aos gritos e quis impedir a consumação do crime.

Antônio Rodrigues — Este pode soltar.

(Carcereiro abre com uma chave o fecho da argola de ferro e liberta o preso, que se levanta meio tonto, esfregando o pescoço.)

Preso — Obrigado, senhor... Eu...
Carcereiro *(expulsando-o a pontapés)* — Já sabemos, já sabemos, biltre e frascário do inferno, você matará qualquer mulher que se oponha a que você arme redes para três outras mulheres debaixo do mesmo teto. Mas há de haver uma bala paulista para levar você a armar sua rede ao lado da de Belzebu, femeeiro da peste!

(Preso sai, trôpego, pela esquerda, entre igreja e câmara, à medida que João Ramalho vem entrando pela direita, entre igreja e cadeia. Ramalho é um outro homem. O peso da idade se abateu sobre os seus ombros.

E, agora, um velho. Só nos seus olhos faiscantes e num ou noutro gesto se sente o homem anterior.)

Antônio Rodrigues — Antes de dar a ordem ao carcereiro, João Ramalho, eu queria lhe perguntar acerca desse Vasco Sevilhano. Foi o que três vezes ganhou a floresta para não pagar o imposto de conserto da muralha. Devemos soltá-lo?

João Ramalho — Quando começar o combate, metam-no numa brecha do muro com um arco e flechas ao seu lado, de modo a que possa atirar para a frente mas não possa fugir. Apertem-no bem na brecha. Ele será o pedaço do muro que não pagou.

(Carcereiro curva-se e sai pela direita. Preso fica, pescoço na argola, à direita da haste do pelourinho, como uma estátua que fosse parte do mesmo. João Ramalho e Antônio Rodrigues sentam-se nos degraus.)

Antônio Rodrigues — João Ramalho, você mandou sustar as ordens de ataque pela manhã, que havíamos dado ao saírem daqui os emissários do governador, não é assim?

João Ramalho — Sim, mandei.

Antônio Rodrigues — Eu entendi, portanto, que atacaríamos hoje à noite, mas a guarda ainda não recebeu nenhum comando neste sentido.

João Ramalho — E nem receberá, Antônio, desta vez não atacamos antes.

Antônio Rodrigues — Vamos aguardar que nos ataquem?

João Ramalho — Eu vou aguardar o ataque de Deus. Depois de vencê-Lo, atacaremos o Colégio dos Jesuítas e passaremos homem, mulher e criança a fio de espada, para que não se fale mais no nome de São Paulo em todo este planalto. Mas primeiro vencerei Deus, matarei Deus. *(pausa)* Se você nada diz, Antônio, é porque me crê delirante, mas Deus vem aqui, talvez hoje mesmo, quem sabe?, nas sombras desta noite.

ANTÔNIO RODRIGUES — Deus, João Ramalho?

JOÃO RAMALHO — Sim, na pessoa do padre Anchieta. Vê? Pronunciei o nome com inteira calma. É que eu já vejo aqui dentro sua morte, que me espreita com olhinhos de rato. *(olha o cano do bacamarte)* A morte de Deus está aqui dentro deste cano.

ANTÔNIO RODRIGUES — João Ramalho, ou bem você se converteu ou bem está blasfemando mais do que nunca. E não é bom, sabe?, antes de um combate. Se Deus existe, ficará sem dúvida do lado do adversário.

JOÃO RAMALHO — Ah, que Ele existe, é certo. Não tenha medo que não me converti, Antônio Rodrigues. Eu apenas sei, agora, quem é o inimigo, eis tudo. Nesta noite de hoje, mais do que nunca, sinto a existência palpável de Deus. Tanto assim que me considero perfeitamente apto a livrar a humanidade da Sua incômoda presença.

ANTÔNIO RODRIGUES — Se você n'Ele crê com tanta convicção, não diga essas coisas medonhas, João. Sabe lá que castigo terrível não seria o seu?... *(persignando-se sorrateiramente)*

JOÃO RAMALHO — A luta não pode ter tréguas. Ele existe, mas é o inimigo de homens da minha raça. Os fracos, os que não têm a coragem e nem a ciência de fabricarem sua vida com suas próprias mãos, os que se deixam levar pela correnteza, esses fazem muito bem em temer a Deus. Mas os homens como eu, que vergam o destino como se verga um junco, que sabem criar sua própria vida e submeter tudo em volta à sua vontade, esses esbarram sempre na vontade de Deus.

Antônio Rodrigues — João Ramalho, você está vivendo horas amargas e por isto fala com uma rebeldia maior do que jamais foi a sua rebeldia, sempre imensa, Deus o sabe. Quando juntos bebíamos em Coimbra...

João Ramalho *(levanta-se, curvo e avelhantado, mas os olhos brilhantes. Anda pela cena)* — Ah, mas Ele só surgiu como inimigo declarado aqui, pois só aqui eu me fiz rei da minha existência: eis o que Deus não pode tolerar. Começou aqui a perseguição. Houve ocasiões, em plena brenha, em que ouvi o rumor dos Seus pés bem atrás de mim, estalando gravetos na selva. No auge do combate, entre os inimigos que me tentavam matar, divisei outras vezes Sua forma gigantesca.

Lembra-se, Antônio, de quando, nos primeiros anos que passamos nesta terra, houve aquela carnificina de Tapuias?

Antônio Rodrigues *(cerrando os olhos)* — Como não? Correram vermelhas as águas do Anhembi.

João Ramalho — Pois bem, quando entrei no rio e comecei a lavar as mãos e os cabelos tintos de sangue índio, senti que as gigantescas mãos de Deus me empurravam a cabeça dentro d'água. Mergulhei, debatendo-me, e Seus dedos só afrouxaram a pressão quando em meu peito só fluía um filete de sopro... Ah, mestre Antônio, foram momentos em que um homem menor cairia de joelhos, nos suores e tremores de uma conversão. Mas eu me viro para trás quando escuto Seus passos e O aguardo de cabeça em pé. Eu saio, meio sufocado, das águas e sacudo os cabelos encharcados como um cão furioso. E meto a cabeça novamente nos ares, desafiante. Mas quando Anchieta vier, hoje ou amanhã, a verdadeira luta se travará...

Antônio Rodrigues — Em lugar disto, João Ramalho, não devemos estar preparados para um ataque maciço de São Paulo? Não é uma imprudência aguardarmos assim o que desejam fazer os paulistas? Não é melhor?...

João Ramalho — Não antes da visita de Deus. Ele, que sempre Se sentiu naturalmente muito grande para lutar fisicamente contra um bicho da terra como eu, resolveu mandar-me Seu atleta Anchieta. Deus repete muito as suas histórias... Anchieta é apenas uma nova encarnação daquele anjo...

Antônio Rodrigues — Que anjo, João Ramalho?

João Ramalho — Não se lembra da luta de Jacó com o anjo?

Antônio Rodrigues *(aflito)* — Sim, lembro... Mas as horas correm, e talvez... o melhor fosse comunicarmos às sentinelas que...

João Ramalho *(interrompendo)* — Pois só aqui no Brasil vim a compreender o fascínio que tinha a história para mim. Jacó lutou a noite inteira com o anjo do Senhor e não foi derrotado. O anjo ainda lhe disse, depois do combate furioso em que uivaram e rolaram no chão, renhidos em luta: "Larga-me, porque já vem vindo a aurora."

Antônio Rodrigues — Mas Jacó era um homem de Deus, um homem humilde, que pediu a bênção do anjo e que fundou o povo de Israel. Continuou a servir a Deus.

João Ramalho — Exatamente, e por isto colocou-se entre os fracos e timoratos. Derrotou o atleta de Deus, mas recusou depois o papel de anti-Deus, de homem livre, que carrega Deus nas suas mãos. *Agora*, de agora em diante, eu não o recusarei mais.

Antônio Rodrigues — Por que *agora*, João Ramalho? Agora você precisa da ajuda de Deus, agora que os inimigos o cercam.

João Ramalho — Não, agora a paz não é mais possível entre nós. Deus me arrebatou tudo, arrebatando-me Rosa Bernarda, com o intuito de me enfraquecer antes da luta com o Seu anjo. Mas deu-me, assim, uma arma que Jacó não tinha: o ódio. Levou minha filha e minha mulher, criou em torno de mim um vácuo que é uma arena para a luta com o anjo, mas desta vez Seu anjo morrerá. *(ri, sardônico)* Deus nos conta tudo na Bíblia e depois quer apanhar-nos de surpresa? Desta vez o anjo não mais pedirá que o novo Jacó o largue, ao vir a aurora, porque não terá mais voz para tanto. *(olha novamente para dentro do cano da arma)* As historietas da Bíblia são as mesmas, mas as armas dos homens melhoraram extremamente.

(Entra o carcereiro que, sem coragem de se dirigir diretamente a Ramalho, fala a Antônio.)

Carcereiro — A vigia aqui do jatobá mais alto, perto do portão, não entende o sinal de fogo que estão fazendo lá da boca do caminho de São Paulo.

João Ramalho — Como não entende? Então é de ontem que esses parvos do inferno se comunicam por sinais?...

CARCEREIRO — Eles... Eles entendem mas não entendem, quer dizer, sabem o que é mas não creem no que seja, estão vendo mas...

ANTÔNIO RODRIGUES — Explique-se direito, carcereiro, ou passo-lhe ao pescoço a argola vazia.

CARCEREIRO *(fazendo um grande esforço)* — É que eles avisaram primeiro que estava vindo um homem de São Paulo e perguntaram se deviam deixar passar. Mas as ordens...

JOÃO RAMALHO *(interrompendo)* — Era de que se prendesse e não que se deixasse passar!

CARCEREIRO — Exatamente, senhor alcaide-mor, pois depois de perguntarem essa sandice fizeram de novo sinais... para dizer que o homem de São Paulo tinha passado.

(Antônio vai sair, como quem vai informar-se, mas Ramalho o detém com o braço, enquanto aproxima

o ouvido direito do chão, mão em concha sobre o mesmo.)

    João Ramalho — Eu escuto os pés do atleta de Deus, Antônio! Ouço os passos de Deus que se aproximam. Vem rápidos pelos caminhos da selva, carregando as pernas, o torso, a cabeça do anjo de Peniel, que lutou contra Jacó e pediu clemência. Também a mim me pedirá clemência, mas eu o matarei.

    Antônio Rodrigues *(autoritário)* — Recobre aquele seu sangue frio de outrora, enquanto eu mesmo vou saber da sentinela que houve com os sinais. Evidentemente eles não deixariam ninguém passar. Há um engano qualquer.

    João Ramalho — Será tudo em vão. Já está o anjo às portas da vila. Eu sinto que chega, que se acerca, que se aproxima de mim a cada minuto. Vá, Antônio, e chame Anchieta para a sua execução.

(João Ramalho apaga a lamparina. Carcereiro, sem nada entender do que se diz, afasta-se espantado para o fundo.)

Antônio Rodrigues — Acalme-se, João Ramalho, você está dando enorme importância ao relato desse carcereiro parvo e que provavelmente nada entendeu. Vou saber...

João Ramalho — Nada mais há a saber. Vá abrir a porta que o anjo de Deus já bate. Vá que eu anseio por vê-lo e enfrentá-lo à sombra deste pelourinho que julga poder levar para São Paulo. Receba Anchieta, Antônio, traga-o aqui para morrer sua morte de mártir. *(detém-se)* Mas não, não é mais preciso. Já está aqui. Quem senão Anchieta, senão o enviado de Deus passaria por todas as sentinelas que guardam o acesso a Santo André?

(Entra um vulto, envolvido em manto e capuz. É Rosa Bernarda.)

ROSA BERNARDA — Eu, meu pai. Quem me impediria a passagem em Santo André da Borda do Campo?

JOÃO RAMALHO *(que lhe estende os braços, velho, curvo, atônito)* — Você, minha filha, minha querida? Eu a julgava na costa, talvez em alto mar com aquele hóspede vil... Você...

ROSA BERNARDA — Meu pai, perdoe tudo quanto lhe faço sofrer...

JOÃO RAMALHO — Perdoar? Mas perdoar o quê? Você se deixou encantar pelas promessas de um infame, criado por alguma rameira à sombra de algum cais, apenas isto. O importante é que agora volta para mim. Ah, Rosa, eu sinto a vida inteira que me invade novamente as veias, sinto o júbilo da guerra que me possui uma vez mais, sinto a ressurreição... Ah, Rosa, isto é muito mais do que eu esperava... de Deus. O anjo que senti... era você.

(Aproxima-se dela com uns lampejos da velha paixão e vai abraçá-la com amor.)

Rosa Bernarda — Não, pai, eu não vim para reatar os fios partidos, não vim para retomar uma vida que era a minha até ontem mas que me parece hoje vivida há séculos. Perdoe-me, meu pai, mas vim para *(ajoelha-se)* lhe pedir de joelhos que faça a paz com São Paulo.

João Ramalho — Mas isto quer dizer que você volta para mim? Que me importa a guerra ou a paz com São Paulo se recuperar você, minha filha? Eu suspenderei a guerra, proibirei todas as guerras. Vamos aí por essas brenhas em fora. Fundaremos outras cidades, e as fundaremos tão bem que em breve se transformarão em vilas e os governadores-gerais, queiram ou não, serão forçados a conceder-nos foros, pelourinhos, Câmara, antes de tudo nos roubarem novamente, como o fazem agora. Nada disto importa se você regressou, Rosa Bernarda, minha filha, nada disto significa…

Rosa Bernarda *(interrompendo)* — Não prossiga, meu pai. Eu não me pertenço mais e nem poderia viver a vida antiga.

João Ramalho — Mas você não se pertenceu nunca, minha filha. Sempre me pertenceu a mim. *(como num início de delírio)* Sabe? Esse ódio que Deus nutre por mim é porque eu me tornei igual a Ele, ao arrancar você ao nada. Criei você exatamente como Deus cria Suas criaturas. Você não existia nem como raça de gente, minha filha. Precisei trazer a esta terra o meu sangue, fechado em minhas veias, para misturá-lo com outro sangue que jamais devia encontrá-lo. E com meu sangue do velho mundo fiz logo raça diferente de gente. E na minha velhice, quando o ventre das índias já me dera tantos outros filhos iguais aos primeiros, veio você, minha filha, flor dessa raça nova que não figurava nos planos primeiros de Deus. Eu soprei meu sopro em você.

Rosa Bernarda — Meu pai, eu não me pertenço mais e portanto não mais pertenço a você. Pertenço a esse náufrago estranho, que mais ama sua terra do que a mim, e como não sei amar sem amar absolutamente, amo tudo quanto ele ama, amo a cidade que ele quer fazer no planalto, amo o Deus que ele serve...

João Ramalho — Então ele era um espião de São Paulo?

(Rosa afirma com a cabeça.)

João Ramalho — Era isto que você estava descobrindo quando gritou, chamando-nos, ao pé do banco?...

(Rosa torna a afirmar.)

João Ramalho — E agora, esse valoroso jovem mandou você para ver se defende a causa de São Paulo sem perigo para a sua vida de cão?

Rosa Bernarda — Não, meu pai, eu fugi no silêncio da noite, burlei os que me guardavam, para chegar aqui antes de Anchieta. Eu tinha tanta certeza de que você o mataria, meu pai, e de que uma horrível guerra ia começar!

João Ramalho *(punho erguido para o céu)* — Ah, Senhor, então não é sempre que segues Tua Bíblia! Usas variantes, Senhor, para derrotares aqueles que derrotariam mesmo os Teus atletas. Mandas Teu anjo sob a couraça desta mulher. Mandas que meu próprio coração, feito de minha própria carne, lute pelo Teu anjo. *(mais delirante)* Sim, meu próprio coração. *(como quem lembra algo)* Mas então, também isto estava escrito, Senhor...

(Aqui, ouvem-se as vozes dos quatro índios atores do primeiro ato. Mas só Ramalho escuta o que dizem. As vozes, aqui, devem ser previamente gravadas em

câmara de eco para que deem a impressão de que se trata do auto do 1º ato ouvido num delírio.)

    Voz do 1º índio — Vazio o sacrário
                        fugiu-lhe do peito
                        o seu coração.
    Voz do 2º índio — O seu coração
                        vazio o sacrário.
    Voz do 3º índio — Em penas desfeito
                        fugiu-lhe do peito.
    Voz dos 4 índios — Volta ao meu corpo!
        1º índio *(alto)* — Mas nada se ouviu!
        2º índio *(grave)* — Mas nada se ouviu.
        3º índio *(rápido)* — Quando esse homem
                      viu que o seu coração
                      partira, deixando-o
                      em atroz solidão,
                      gritou-lhe aterrado:
    4 índios — Volta ao meu corpo!

(Um súbito silêncio. Moradores da vila e índios vão entrando em cena, espantados.)

João Ramalho *(de quem Antônio Rodrigues e Rosa Bernarda se aproximaram e para quem o próprio acorrentado do pelourinho olha, devido aos gestos que faz em direção às vozes que só ele ouve)* — Rosa Bernarda, minha filha, volta ao meu corpo, volta ao meu peito vazio.

Rosa Bernarda — Meu pai...

João Ramalho *(balança a cabeça)* — Mas nada se ouviu.

(Aqui recomeça, primeiro em surdina, a ladainha dos versos.)

João Ramalho — Parem com a cantoria. Já entendi a cilada. Em lugar de lutar o anjo negaceia. Deus também usa qualquer recurso para ganhar Suas batalhas. Mas parem por favor com a ladainha!

(A surdina de até agora começa a se avolumar.)

4 ÍNDIOS — A Deus não temeu
aos seus desonrou
seu anjo da guarda
de triste morreu.

(Mais alto.)

4 ÍNDIOS — Quando esse homem viu
que o seu coração...

(Mais alto.)

4 ÍNDIOS — Volta ao meu corpo!

(Baixa o tom das vozes.)

JOÃO RAMALHO *(sentando-se nos degraus do pelourinho)* — Mas nada se ouviu. *(Curva a cabeça para o peito)* Volta, coração meu roubado, volta, anjo meu roubado pelo Criador ciumento... Mas nada se ouviu. Parem o canto!

Rosa Bernarda — Meu pai, meu pai, não há ninguém cantando. Não sofra tanto assim! Já não lhe peço mais nada, não quero mais nada. Eu e Antônio vamos levá-lo para nossa casa...

Antônio Rodrigues — Sim, meu velho Ramalho, venha comigo e com Rosa Bernarda.

João Ramalho *(alheio a tudo)* — Mas nada se ouviu...

(Surdina cresce.)

4 índios — De peito deserto
de alma vazia.
1º índio — De peito vazio
de alma deserta.
2º índio — De alma vazia
de peito deserto.
4 índios *(forte, rápido)* — O home era morto!

*(Silêncio imediato. A cabeça de João Ramalho pende-
-lhe bruscamente sobre o peito.)*

Rosa Bernarda e
Antônio Rodrigues *(juntos)* — Meu pai! João Rama-
lho!
Antônio Rodrigues *(depois de colocar o ouvido no peito de Ramalho)* — Está morto. *(para Rosa, que tomba de joelhos ao pé do corpo)* Também era velho, minha filha, esse coração valente.

(Um frêmito percorre a multidão, que já se acercara um pouco e que se avoluma até tornar repleto o fundo do palco. Entra, embuçado, Anchieta, cujo rosto é o tempo todo apenas entrevisto e sempre em algum ângulo estranho, os traços alongados pelo jogo de luzes. A medida que Anchieta se vai acercando do cadáver ao pé do pelourinho, várias vozes na multidão, como ansiosas por darem a notícia, dizem:)

Voz de mulher — Ramalho morreu, padre Anchieta.

VOZ DE HOMEM — Ele acabou de morrer, padre José.
VOZ DE HOMEM — Morreu João Ramalho.
VÁRIAS VOZES — Ele morreu... Morreu nosso capitão, padre Anchieta... Ramalho é morto...
ANCHIETA *(que se aproxima do corpo de João Ramalho, ajoelha-se, faz o sinal da cruz e diz como que a si mesmo)* — Assim, tua alma agreste e tormentosa evitou até o fim o nosso encontro. Faltou ao meu redil a ovelha buscada com maior paixão. *(levanta-se e fala a todos)* Meus filhos, gente de Santo André. Ide buscar vossas tochas e trazei bastante resina. Vamos levar em procissão o corpo de João Ramalho para a vila de São Paulo de Piratininga. *(um protesto furioso sobe da turba andreense. Homens de caras transtornadas tiram pistolas do cinto ou começam a*

desembainhar espadas. Anchieta prossegue, cheio de autoridade) Este pelourinho, por ordem de Sua Majestade e por comando do governador-geral, deve ser transportado para São Paulo — mas em São Paulo ele se fincará sobre o túmulo cristão de João Ramalho, lobo de Deus, fera do Senhor. *(cai o protesto, começa a multidão a se aplacar)* Até para fazer uma cruz é preciso derrubar uma árvore: João Ramalho foi o lenhador de Deus. Cidades de sangue e de paixão precisam existir para que delas surja uma Cidade de Deus: João Ramalho foi o pedreiro dos alicerces do Senhor. *(tochas acesas começam a pontilhar a turba, aqui e ali)* Deus só pode iluminar a treva das primeiras matas com a pupila dos tigres: João Ramalho foi um tigre de Deus. Levemos em nossos ombros, pelas trilhas que sua bota terrível abriu como lanhos na terra do planalto, o corpo de João Ramalho. Como o grão de trigo que cai na terra e morre, para frutificar, ele cairá na terra de São Paulo, por nós semeado, e frutificará.

(Enquanto Anchieta pronuncia suas últimas palavras, dois andreenses rudes e com cara de chefes se aproximam, trazendo a rede de João Ramalho. Arriam-na ao chão, colocam nela o corpo. Enquanto Anchieta abençoa o corpo, um dos homens enxuga os olhos com a manga do gibão. Erguem, finalmente, a rede, um a cada punho. Anchieta põe-se a caminho, seguido dos que levam a rede. Rosa Bernarda, com a cabeça no ombro de Antônio Rodrigues, deixa-se ficar para trás. Forma-se a cauda da procissão, tochas erguidas bem no alto.)

CAI O PANO

Antonio Callado y a criação do Teat(r)o da Tragédia Colonial Brazyleira em *A cidade assassinada*

Zé Celso Martinez Corrêa

Em 1954, a Alta Burguesia retorna à sua Cultura de São Paulo Separatista da Revolução de 32, mas com grandes obras: cria o parque Ibirapuera, Y, na praça em frente, Brecheret esculpe *As bandeiras* e a dedica aos 400 anos da Epopeia dos Bandeirantes. A cidade quatrocentona premia-se neste $eu Aniversário: 400 Anos da Capital dos Capitais.

O Rio de Janeiro, então capital do Brasil, convida oficialmente o intelectual, jornalista, romancista, dramaturgo Antonio Callado, aos 37 anos, a escrever uma peça de teatro para comemorar o 4º centenário de $P. Callado cumpriu inteiramente seu contrato. A peça foi encenada no Theatro Municipal do Rio de Janeiro, com apoio do Tesouro Nacional, bancando a Companhia Nacional de Teatro, q encenou a peça. Callado, Requintado, Perverso, em vez de comemorar os quatrocentões, escancara, ao vivo nos três atos em cena, o pecado original, o sangue fresco q pariu São Paulo. Explicitamente São Paulo é mostrada como a assassina de *A cidade assassinada*: de Santo André y de seu alcaide-mor, o bandeirante João Ramalho. O sagrado padre Anchieta é revelado como o comandante desse ato criminoso tendo como primeiras armas seus autos de teatro de cristianização indígena.

Nos primeiros 60 anos do Brasil, bandeirantes de São Paulo, de Santo André, de Porto Ferreira, enfim, do Sul do Brasil, conquistavam terras y caçavam indígenas.

Padre Anchieta, dramaturgo, criava os autos para fazer lavagem cerebral nos indígenas, serviço completo cabeça y corpo: cancelar o selvagem da antropofagia y oferecer-se à jesusfagia com a rodelinha de trigo, branquinha, a hóstia divina cristã.

Padre Anchieta, em São Paulo, inicia a guerra religiosa de extermínio a Santo André. Sua primeira arma é um auto de teatro em q ataca grosseiramente seu vilão, João Ramalho.

Antonio Callado, como Shakespeare, revela o primeiro round do conflito através do teatro: um "auto teatral" de Anchieta atacando explicitamente João Ramalho, alcaide de Santo André.
O AUTO é representado por quatro indígenas catequizados audaciosamente e apresentado na própria casa do alcaide.
A convite de Rosa, filha de João Ramalho Pai Apaixonado, Incestuoso y Amante.

O protagonista criado por Callado, alcaide-mor da cidade de Santo André, é uma personagem fascinante, herói maldito do Teatro da Crueldade, q vive até hoje no Brasil, mas na época com phalas trans-eloquentes, maldade majestosa, fervor divinamente diabólico y engraçadíssimo, vive na ponta da língua de um revólver na mão, revelando a língua do sadismo trágico de Bandeirante-Mor.

O Grande Ator FREGOLENTE! GIGANTE de atuação! Protagonizou JOÃO RAMALHO, "The BANDEIRANTE".

COM BRILHO.

Lascívo, incestuoso apaixonado pela filha, Rosa Bernarda filha da indígena Bartira.

Callado apaixona-se por suas personagens teatralizando com palavras afiadas na lâmina do Teatro da Crueldade.

É inacrê! Mas a personagem de bandeirante foi sempre muito cultuada, até na Semana de Arte Moderna de 22.

Mas hoje as estátuas dos bandeirantes estão todas ameaçadas de serem derrubadas em SP.

Callado cria a Primeira Grand Personagem de "O" Bandeirante, o Primeiro, o "Original."

O dos 60 anos após a Invasão dos Portugueses na chamada DesCoberta do Brasil.

Cria a alma insana, mas grandiosamente teatral, da personagem do Grande TragiKômico João Ramalho.

Callado phala a língua do Teat(r)o Brazileiro Épico Cruel, das Entranhas do Brazil Passado y Presente até Hoje na anunciada comemoração golpista de 7 de setembro de 2021, um ano antes dos 200 da nossa "Independência: Ainda a Ser Conquistada".

Callado criou um arquétipo vivo de Bandeirante: João Ramalho, de língua suja mas de phoder. Sua boca cospe falas sarcásticas de um satyro palhaço, um demônio eloquente na gozação diabólica q aumenta o poder balístico dos seus canhões na ereção da sua cidade de Santo André. "Terra feita de esterco e sangue de indígena." A cenografia é a praça retangular da cidade assassinada de Santo André: no seu Centro: o pelourinho pra torturar os indígenas q não se deixavam escravizar.

É um totem colonial. Sua existência pressupõe o reconhecimento oficial da metrópole portuguesa à cidade colonizada.

São Paulo não tinha pelourinho, deseja então o phalos de pedra de Santo André, q tinha a coroa portuguesa em cima.

Callado demonstra q a metrópole portuguesa mesmo vê do ponto de vista estratégico o planAlto de São Paulo, mais apta para enfrentar as ameaças de invasão eminente da França Antártica no Rio de Janeiro, com indígenas da Confederação dos Tamoios.

Do Lado Leste a igreja,
Do Lado Oeste a cadeia
Na Base Sul a larga casa de João Ramalho com uma lareira q nas cenas noturnas libera labaredas rubro-
-amarelas: cria um palco enorme y avermelhando, o sangue das cenas, como indica Callado.

Durante toda a peça, o conflito maior é entre o Diabo João Ramalho *versus* Deus padre Anchieta. Este personagem SombraViva, Determinante, só vai surgir no palco no fim do terceiro ato.
Mas presente em toda tragédia através de seus emissários como antagonista do bandeirante. Santo ideólogo parteiro da cidade de São Paulo. Nessa tragédia colonial santo Anchieta toma o papel de liderar o extermínio de Santo André = a cidade assassinada.
Assim juntariam-se os povos de João Ramalho, os de Anchieta em São Paulo, para vencerem a investida dos franceses aliados dos Tamoios.

No segundo ato, o grande suspense. A persona de João Ramalho fecha as portas da cidade y declara guerra a São Paulo. Em vez de ir ao encontro bélico com Anchieta, permanece na espera demorada da presença do inimigo Anchieta em Santo André.

Callado prepara um suspense de uma espera tensa, quase insuportável de seu antagonista, q pretende visitá-lo no terceiro ato – Ramalho phala sem parar no jesuíta assassino da cidade. O encontro entre os dois é o clímax da peça. Callado então dá o golpe de dramaturgya.

Muito se espera da cena do encontro dos dois super-heróis inimigos na peça.

Mas não vou dar, claro, spoiler na sua leitura, leitor. Mas prepare-se.

Termino com a felicidade guerreira de 10 mil indígenas de vários povos do Brasil

Lutando in Braz-Ilha para derrubar o Marco Temporal.

João Ramalistas recusam-se ao direito dos indígenas depois de a Constituição de 1988 admitir novas demarcações de terras sagradas indígenas.

A estrutura colonial neocapitalista bandeirante, nestes dias em q escrevo, prepara um golpe. Como não desejo y como repudio este Fim de Mundo, agradeço o trabalhão q me deu escrever sobre esta peça, pois me fez sentir como nunca, em 2021: a pressão do Teatro da Violência Colonial aqui y agora q quer não só a Cidade, mas a Nação Brasil, Assassinada.

Graças, Antonio, o Callado!
Sua peça acorda pra perigo trágico eminente.
Pero no pasarán.

Que essa peça seja posta em cena. Teria imenso prazer sádico em assistir pra chorar y rir muito no fracasso dos golpistas.

SAMPÃ. PARAÍSO – 29 de agosto de 2021.

Perfil do autor

O senhor das letras

Eric Nepomuceno
Escritor

Antonio Callado era conhecido, entre tantas outras coisas, pela sua elegância. Nelson Rodrigues dizia que ele era "o único inglês da vida real". Além da elegância, Callado também era conhecido pelo seu humor ágil, fino e certeiro. Sabia escolher os vinhos com severa paixão e agradecer as bondades de uma mesa generosa. E dos pistaches, claro. Afinal, haverá neste mundo alguém capaz de ignorar as qualidades essenciais de um pistache?

Pois Callado sabia disso tudo e de muito mais.

Tinha as longas caminhadas pela praia do Leblon. Ele, sempre tão elegante, nos dias mais tórridos enfrentava o sol com um chapeuzinho branco na cabeça, e eram três, quatro quilômetros numa caminhada puxada: estava escrevendo. Caminhava falando consigo mesmo: caminhava escrevendo. Vivendo. Porque Callado foi desses escritores que escreviam o que tinham vivido, ou dos que vivem o que vão escrever algum dia.

Era um homem de fala mansa, suave, firme. Só se alterava quando falava das mazelas do Brasil e dos vazios do mundo daquele fim de século passado. Indignava-se contra a injustiça, a miséria, os abismos sociais que faziam — e em boa medida ainda fazem — do Brasil um país de desiguais. Suas opiniões, nesse tema, eram de suave, mas certeira e efetiva contundência. E mais: Callado dizia o que pensava, e o que pensava era sempre muito bem sedimentado. Eram palavras de uma lucidez cristalina.

Dizia que, ao longo do tempo, sua maneira de ver o mundo e a vida teve muitas mudanças, mas algumas — as essenciais — permaneceram intactas. "Sou e sempre fui um homem de esquerda", dizia ele. "Nunca me filiei a nenhum partido, a nenhuma organização, mas sempre soube qual era o meu rumo, o meu caminho." Permaneceu, até o fim, fiel, absolutamente fiel, ao seu pensamento. "Sempre fui um homem que crê no socialismo", assegurava ele.

Morava com Ana Arruda no apartamento de cobertura de um prédio baixo e discreto de uma rua tranquila do Leblon. O apartamento tinha dois andares. No de cima, um terraço mostrava o morro Dois Irmãos, a Pedra da Gávea e o mar que se estende do Leblon até o Arpoador. Da janela do quarto que ele usava como estúdio, aparecia esse mesmo mar, com toda a sua beleza intocável e sem fim.

O apartamento tinha móveis de um conforto antigo. Deixava nos visitantes a sensação de que Callado e Ana viviam desde sempre escudados numa atmosfera cálida. Havia um belo retrato dele pintado por seu amigo Cândido Portinari, de quem Callado havia escrito uma biografia. Aliás, escrita enquanto Portinari pintava seu retrato. Uma curiosa troca de impressões entre os dois, cada um usando suas ferramentas de trabalho para descrever o outro.

Havia também, no apartamento, dois grandes e bons óleos pintados por outro amigo, Carlos Scliar.

Callado sempre manteve uma rígida e prudente distância dos computadores. Escrevia em sua máquina Erika, alemã e robusta, até o dia em que ela não deu mais. Foi substituída por uma Olivetti, que usou até o fim da vida.

Na verdade, ele começava seus livros escrevendo à mão. Dizia que a literatura, para ele, estava muito ligada ao rascunho. Ou seja, ao texto lentamente trabalhado, o papel diante dos olhos, as correções que se sucediam. Só quando o texto adquiria certa consistência ele ia para a máquina de escrever.

Jamais falava do que estava escrevendo quando trabalhava num livro novo. A alguns amigos, soltava migalhas da história, poeira de informação. Dizia que um escritor está sempre trabalhando num livro, mesmo quando não está escrevendo. E, quando termina um livro, já tem outro na cabeça, mesmo que não perceba.

Era um escritor consagrado, um senhor das letras. Mas ainda assim carregava a dúvida de não ter feito o livro que queria. "A gente sente, quando está no começo da carreira, que algum dia fará um grande livro. O grande livro. Depois, acha que não conseguiu ainda, mas que está chegando perto. E, mais tarde, chega se a uma altura em que até mesmo essa sensação começa a fraquejar...", dizia com certa névoa encobrindo seu rosto.

Levou essa dúvida até o fim — apesar de ter escrito grandes livros.

Foi também um jornalista especialmente ativo e rigoroso. Escrevia com os dez dedos, como corresponde aos profissionais de velha e boa cepa. E foi como jornalista que ele girou o mundo e fez de tudo um pouco, de correspondente de guerra na BBC britânica a testemunha do surgimento do Parque Nacional do Xingu, passando pela experiência definitiva de ter sido o único jornalista brasileiro, e um dos poucos, pouquíssimos ocidentais a entrar no então Vietnã do Norte em plena guerra desatada pelos Estados Unidos.

A carreira de jornalista ocupou a vaga que deveria ter sido de advogado. Diploma em direito, Callado tinha. Mas nunca exerceu o ofício. Começou a escrever em jornal em 1937 e enfrentou o dia a dia das redações até 1969. Soube estar, ou soube ser abençoado pela estrela da sorte: esteve sempre no lugar certo e na hora certa. Em 1948, por exemplo, estava cobrindo a 9ª Conferência Pan-Americana em Bogotá quando explodiu a mais formidável rebelião popular ocorrida até então na Colômbia e uma das mais decisivas para a história contemporânea da América Latina, o Bogotazo. Tão formidável que marcou para sempre a vida de um jovem estudante de direito que tinha ido de Havana, um grandalhão chamado Fidel Castro, e que também acompanhou tudo aquilo de perto.

Houve um dia, em 1969, em que ele escreveu ao então diretor do Jornal do Brasil uma carta de demissão. Havia um motivo, alheio à vontade dos dois: a ditadura dos generais havia decidido cassar os direitos políticos de Antonio Callado pelo período de dez anos e explicitamente proibia que ele exercesse o ofício que desde 1937 garantia seu sustento. Foi preciso esperar até 1993 para voltar ao jornalismo, já não mais como repórter ou redator, mas como um articulista de texto refinado e com visão certeira das coisas.

Até o fim, Callado manteve, reforçada, sua perplexidade com os rumos do Brasil, com as mazelas da injustiça social. E até o fim abandonou qualquer otimismo e manteve acesa sua ira mais solene.

Sonhou ver uma reforma agrária que não aconteceu, sonhou com um dia não ver mais os milhões de brasileiros abandonados à própria sorte e à própria miséria. Era imensa sua indignação diante do Brasil ameaçado, espoliado, dizimado, um país injusto e que muitas vezes parecia, para ele, sem remédio. Às vezes dizia, com amargura, que duvidava que algum dia o Brasil deixaria de ser um país de segunda para se tornar um país de primeira. E o que faria essa diferença? "A educação", assegurava. "A escola. A formação de uma consciência, de uma noção de ter direito. Trabalho, emprego, justiça. Ou seja: o básico. Uma espécie de decência nacional. Porque já não é mais possível continuar convivendo com essa injustiça social, com esse egoísmo."

Sua capacidade de se indignar com aquele Brasil permaneceu intocada até o fim. Tinha, quando falava do que via, um brilho especial, uma espécie de luz que é própria dos que não se resignam.

Desde aquele 1997 em que Antonio Callado foi se embora para sempre, muita coisa mudou neste país. Mas quem conheceu aquele homem elegante e indignado, que mereceu de Hélio Pellegrino a classificação de "um doce radical", sabe que ele continuaria insatisfeito, exigindo mais. Exigindo escolas, empregos, terras para quem não tem. Lutando, à sua maneira e com suas armas, para poder um dia abrir os olhos e ver um país de primeira classe. E tendo dúvidas, apesar de ser o senhor das letras, se algum dia faria, enfim, o livro que queria — e sem perceber que já tinha feito, que já tinha escrito grandes livros, definitivos livros.

A primeira edição deste livro foi impressa nas oficinas da
DISTRIBUIDORA RECORD DE SERVIÇOS DE IMPRENSA S.A.
Rua Argentina, 171, Rio de Janeiro, RJ
para a EDITORA JOSÉ OLYMPIO LTDA. em janeiro de 2022.

★

90º aniversário desta Casa de livros, fundada em 29.11.1931.